CONY

Nova Fronteira Acervo

29ª edição

Prêmio Jabuti (1996)
Livro do Ano — Câmara Brasileira do Livro (1996)

carlos heitor

CONY

Quase memória

Quase romance

Editora Nova Fronteira Participações S.A.
Rua Nova Jerusalém, 345 – Bonsucesso – 21042-235
Rio de Janeiro – RJ – Brasil
Tel.: (21) 3882-8200 – Fax: (21) 3882-8212/8313

Equipe editorial
Daniele Cajueiro, Ana Carla Sousa, Maria Cristina Antonio Jeronimo, Guilherme Bernardo, Adriana Torres, Allex Machado, Pedro Staite, Leandro Liporage, Vinícius Louzada

Revisão
Maicon de Paula, Marília Lamas

Diagramação
Elza Maria da Silveira Ramos

Este livro foi impresso no Rio de Janeiro, em 2014, para a Nova Fronteira.
O papel do miolo é chambril avena 80g/m², e o da capa é cartão 250g/m².

CIP-Brasil. Catalogação na publicação
Sindicato Nacional dos Editores de Livros, RJ

C784q Cony, Carlos Heitor
29. ed. Quase memória : quase romance / Carlos Heitor Cony. - 29. ed. - Rio de Janeiro : Nova Fronteira, 2014.

ISBN 978.85.209.3908-6

1. Romance brasileiro. I. Título.

14-15436 CDD: 869.93
CDU: 821.134.3(81)-3

para Mila,
a mais que amada

Teoria Geral do Quase

Ao terminar meu nono romance (*Pilatos*), há mais de vinte anos, prometi a mim mesmo que, acontecesse o que acontecesse, aquele seria o último. Nada mais teria a dizer — se é que cheguei a dizer alguma coisa.

Daí a repugnância em considerar este *Quase memória* como romance. Falta-lhe, entre outras coisas, a linguagem. Ela oscila, desgovernada, entre a crônica, a reportagem e, até mesmo, a ficção.

Prefiro classificá-lo como “quase romance” — que de fato o é. Além da linguagem, os personagens reais e irreais se misturam, improvavelmente, e, para piorar, alguns deles com os próprios nomes do registro civil. Uns e outros são fictícios. Repetindo o anti-herói da história, não existem coincidências, logo, as semelhanças, por serem coincidências, também não existem.

No quase quase de um quase romance de uma quase memória, adoto um dos lemas do personagem central deste livro, embora às avessas: amanhã não farei mais essas coisas.

C.H.C.

Capítulo 1

O dia: 28 de novembro de 1995. A hora: aproximadamente vinte, talvez 15 para a uma da tarde. O local: a recepção do Hotel Novo Mundo, aqui ao lado, no Flamengo.

Acabara de almoçar com minha secretária e alguns amigos, descêramos a escada em curva que leva do restaurante ao hall da recepção. Pelo menos uma ou duas vezes por semana cumpro esse itinerário e, pelo que me lembre, nada de especial me acontece nessa hora e nesse lugar. É, em todos os sentidos, uma passagem.

Não cheguei a ouvir o meu nome. Foi a secretária que me avisou: um dos porteiros, de cabelos brancos, óculos de aros grossos, queria falar comigo. E sabia o meu nome — eu que nunca fora hóspede do hotel, apenas um frequentador mais ou menos regular do restaurante que é aberto a todos.

Aproximei-me do balcão, duvidando que realmente me tivessem chamado. Ainda mais pelo nome: não haveria uma hipótese passável para que soubessem meu nome.

— Sim...

O porteiro tirou os óculos, abriu uma gaveta embaixo do balcão e de lá retirou o embrulho, que parecia um envelope médio, gordo, amarrado por barbante ordinário.

— Um hóspede esteve aqui no último fim de semana, perguntou se nós o conhecíamos, pediu que lhe entregássemos este envelope...

— Sim... sim...

Eu não sabia se examinava o envelope ou a cara do porteiro. Nada fizera para que ele soubesse meu nome, para que pudesse dizer a alguém que me conhecia. O fato de duas ou três vezes por semana eu almoçar no restaurante do hotel não lhe daria esse direito.

Quanto ao envelope gordo, pelo volume e peso suspeitei que continha um livro, faz parte da minha rotina receber esses envelopes, escritores de província pedindo-me a opinião ou o prefácio, que geralmente recuso dar ou fazer.

— Deixou o nome? — perguntei, para perguntar alguma coisa.

— Bem... o nome dele está em nossa lista de hóspedes, é do interior de São Paulo, mas... infelizmente, não costumamos dar o nome de nossos hóspedes a não ser em casos especiais...

Passou-me o envelope, que era, à primeira vista e ao primeiro contato, aquilo que eu desconfiava: os originais de um livro, contos, romance ou poesias, talvez história ou ensaio.

— Está certo... não terei de agradecer... a menos que o nome e o endereço do interessado estejam...

Foi então que olhei bem o embrulho. A princípio apenas suspeitei. E ficaria na suspeita se não houvesse certeza. Uma das faces estava subscritada, meu nome em letras grandes e a informação logo embaixo, sublinhada pelo traço inconfundível: "Para o jornalista Carlos Heitor Cony. Em mão."

Era a letra de meu pai. A letra e o modo. Tudo no embrulho o revelava, inteiro, total. Só ele faria aquelas dobras no papel, só ele daria aquele nó no barbante ordinário, só ele escreveria meu nome daquela maneira, acrescentando a função que também fora a sua. Sobretudo, só ele destacaria o fato de alguém ter se prestado a me trazer aquele embrulho. Ele detestava o correio normal, mas se alguém o avisava que ia a algum lugar, logo encontrava um motivo para mandar alguma coisa a alguém por intermédio do portador.

Desencavava um amigo ou conhecido em qualquer lugar do mundo. Bastava que alguém comunicasse: "Vou à Bulgária", ou "Vou a Juiz de Fora", ele logo descobria alguém a quem mandar alguma coisa, fosse na Bulgária, fosse em Juiz de Fora.

Até mesmo o cheiro — pois o envelope tinha um cheiro — era o cheiro dele, de fumo e água de alfazema que gostava de usar, metade por vaidade, metade por acreditar que a alfazema cortava o mau-olhado, do qual tinha hereditário horror.

Recente, feito e amarrado há pouco, tudo no envelope o revelava: ele, o pai inteiro, com suas manias e cheiros.

Apenas uma coisa não fazia sentido. Estávamos — como já disse — em novembro de 1995. E o pai morrera, aos 91 anos, no dia 14 de janeiro de 1985.

Agradeci a gentileza do porteiro, sem esforço consegui que nem ele nem os acompanhantes adivinhassem o meu espanto. Mas sentia um calor estranho, a cabeça latejando, sentia até mesmo um início de suor na testa.

A rigor, nem precisaria abrir o embrulho para saber quem o enviava. Era ele, ELE mais uma vez e sempre, querendo ser útil e necessário, querendo agradar mas conseguindo apenas embaralhar meu caminho — e digo "embaralhar meu caminho" para ser isento comigo e delicado à sua memória.

Não tive pressa em abrir o pacote. Durante algum tempo fiquei com ele, passando-o da mão esquerda para a direita. Alguém me contava o fim do filme a que assistira na véspera — o que me poupou qualquer comentário ou alusão ao embrulho. Queria apenas ficar sozinho, não exatamente para abrir o envelope, mas para pensar no assunto, embora se tratasse de assunto impensável.

Só mais tarde, sozinho em minha sala, comecei a celebrar a cerimônia estranha, absurda e, pela lógica das coisas, ilógica.

Afastei papéis, embuti o teclado do micro no seu estojo. Antes de mais nada, eu precisava de espaço físico e interior. No mais, eu nem precisava abrir o pacote. Ele já cumprira sua missão, de forma inesperada e, de algum modo, brutal. O que quer que houvesse lá dentro, pouco importava.

Por isso mesmo, não tive pressa em abri-lo. Olhava o embrulho sem curiosidade e, agora, sem susto. Conhecendo o pai como o conhecia, eu não devia estar admirado de ter recebido aquilo. Onde quer que estivesse e como estivesse, ele daria um jeito de se fazer sentir, de estar presente. Até fiquei com raiva por não ter previsto que, um dia, mais cedo ou mais tarde, sem mais nem menos, esbarraria com ele novamente, sob um disfarce ou pretexto qualquer. Imaginava apenas que esse disfarce seria um desses que se permitem aos mortos, uma lembrança mais vívida ou vivida, uma paisagem, um tom de voz, algumas palavras especiais que ele usava, "troféu", por exemplo, para designar um martelo, um canivete, um pé de sapato, um livro, um pedaço de carne assada, uma coisa qualquer que ele queria ou precisava e cujo nome momentaneamente esquecera.

Olhava o envelope à minha frente, o barbante ordinário bem-ajustado — ele fazia essas pequenas coisas com perícia, ou melhor, com "técnica", que por sinal era outra de suas palavras com significado especial.

Colocava solenidade nas coisas, fosse apanhar um objeto do chão, fosse fazer a barba ou um balão, tudo demandava uma técnica que só ele sabia, ou, pelo menos, só ele aperfeiçoara ao ponto ótimo para uso próprio.

Pois o barbante, em si, já era um indício dele. O nó também: exato, sólido, bem no centro do pacote. Se tudo era ele no papel, no barbante e no nó, havia a letra. Fosse eu cego, mergulhado na treva mais profunda da carne, bastaria passar a mão sobre ela para saber que era a letra dele.

A mesma letra que vinha nos envelopes quando ele me escrevia para a fazenda do Seminário — único período do ano em que a correspondência se justificava, pois aqui no Rio ele sempre tinha uma técnica de estar presente nos mais estranhos lugares e momentos, fosse para me dar recados, presentes ou para saber de mim e eu dele.

A fazenda dos padres, em Itaipava, chamava-se São Joaquim da Arca. São Joaquim porque era o santo onomástico do antigo cardeal-arcebispo do Rio de Janeiro, dom Joaquim Arcoverde. Da Arca porque a região, entre Itaipava e Teresópolis, banhada pelo rio Santo Antônio, era conhecida como "Arcas".

Mil vezes eu explicara isso ao pai. Mas ele ou se esquecia ou preferia adotar a própria técnica de dizer ou nomear as coisas. Colocava nos envelopes, em letras bem-desenhadas e nítidas, FAZENDA SÃO JOAQUIM D'ARC, como se houvesse um santo a mais na família da heroína francesa.

No início, eu sentia vergonha quando o reitor, monsenhor Lapenda, entregava a correspondência dos alunos. Todos os pais, mães, tios e primos dos meus colegas colocavam o nome correto nos envelopes. Meu pai era o único que complicava, monsenhor Lapenda por diversas vezes pediu que eu o corrigisse, depois se habituou — e eu também.

Bem verdade que cheguei a lhe escrever uma longa e esclarecedora carta explicando o nome de nossa fazenda. Não adiantou. Preferi não criar atrito com ele por tão pouco.

Muitos anos mais tarde, depois de um almoço dominical em minha casa — eu já estava casado com minha primeira mulher — fui descansar no gabinete e ouvi o pai explicando para o meu sogro quem fora e o que fizera Joaquim d'Arc, um ser extraordinário, irmão de Joana, também herói e também santo, cujas proezas requisitavam uma guerra não de trinta, de cem mas de duzentos anos para poderem ter acontecido.

Desta vez, ele se limitara a colocar apenas o meu nome. Em geral, quando postava cartas ou embrulhos, gostava de ser prolixo nos endereços. Temendo, com razão ou sem ela, a incompetência ou a leviandade dos Correios (por princípio, ele descria dos serviços públicos existentes em seu tempo), obrigava-se a ser claro e completo na hora de colocar nome, qualificações, endereço e demais contornos do destinatário.

Não abria mão do direito de proclamar os títulos da pessoa que deveria receber a carta ou o embrulho. Um só não bastava. Quando escrevia para o cunhado e compadre Joaquim Pinto Montenegro, em Rodeio, no antigo estado do Rio, ele nomeava tudo o que sabia a respeito de Joaquim Pinto Montenegro:

Ao diretor-chefe, provedor e bacharel
Joaquim Pinto Montenegro

Bem verdade que Joaquim Pinto Montenegro não era provedor de nada, tampouco diretor-chefe mas simples subchefe de seção na Divisão de Dormentes da Central do Brasil. Muito menos bacharel de coisa alguma, pelo contrário, era de poucas mas suficientes letras, o próprio pai se referia a ele com ironia quando recebia as respostas:

— O Montenegro mistura os pronomes e nunca acerta as concordâncias!

Além de ser explícito nos títulos do destinatário, o pai era completo no que se referia a endereços. Quis o destino que tivéssemos uma tia que morava no Uruguai, aliás, não era tia dele mas de minha mãe.

Para falar a verdade, nunca vi carta escrita por ele para ela, mas acontece que essa tia, milionária e carola, decidiu pagar meus estudos no Seminário — o que motivou complicadíssima correspondência entre as partes, quer dizer, eu e ela, ou melhor, o procurador dela em Montevidéu, e o pai, que legal e funcionalmente operou como meu procurador.

Alzira Carvajal Molina era viúva de um tio-avô de minha mãe, oficial da marinha que numa viagem pelo rio da Prata conheceu a herdeira de um estancieiro em Duraznos. A fortuna do estancieiro aumentou com o tempo e com a imaginação do meu pai. Alzira era filha única, ficou dona de fazendas, frigoríficos, prédios e navios que levavam carne dos pampas para a Europa.

Só a enumeração da riqueza dessa tia deixava o pai sem fôlego. Hoje, olhando tudo em conjunto, acho que do mesmo conjunto fazia parte o seu habitual exagero. Deduzindo metade, ou mais do que metade, ainda sobrava dinheiro para fazer de tia Alzira um mito em nossa casa — mito que se materializou quando ela soube que eu ia entrar para o Seminário e, por intermédio de seu citado procurador, revelou interesse em me pagar estudos, livros em latim, batinas feitas em Roma: tudo o que necessário fosse para ter um padre na família.

Talvez eu não tenha dado grandes alegrias ao pai. Em todo o caso, dei-lhe instantes de glória quando, depois de ditar para mim o que eu deveria dizer ou agradecer a tia Alzira, ele próprio se encarregava de subscritar o envelope, tarefa que achava importante demais para ser realizada por um menino que ainda não sabia o que era e do que constava o mundo.

Tal como no caso da Fazenda São Joaquim d'Arc, ele complicava o que já era complicado. Além do nome da tia (Alzira Carvajal Molina) e dos "excelentíssimas", "preclaras" e "bondosas senhoras" que antecediam o nome, ele se esparramava nas indicações do endereço, que devia ser naturalmente confuso.

Tinha razões para também suspeitar dos carteiros do Uruguai e colocava tudo o que pudesse facilitar a localização da destinatária.

Como ele próprio nunca entendeu direito as indicações fornecidas pelo procurador da tia Alzira, levo em conta das coisas fantásticas que presenciei neste mundo o fato de as cartas terem chegado — se não todas, algumas — a *habitación nº 1352 — 79 Calle Yi — Ayutamiento 14 — Provincia Mayor de Sarmiento — Playa Pocitos — Ciudad de Montevideo — Republica Oriental del Plata — Uruguai — America del Sul.*

É possível (ou melhor, é quase certo) que tantas e tais indicações estejam incorretas e até mesmo incompletas — o que meu pai muito lamentaria e reprovaria na carta seguinte que escrevesse ao procurador de tia Alzira.

Anos depois, já então casado com minha segunda mulher, estive em Montevidéu. Fui visitar não a tia, que já havia falecido na suposição de que teria um sobrinho-padre a dizer-lhe missa todos os dias, mas minha prima Júlia Alice, filha dela. Morava nesse mesmo e complicadíssimo endereço.

Foi com assombro que, ao tomar o táxi (um dos velhos Mercedes-Benz que proliferavam na capital uruguaia daquele tempo), bastou dizer: "Calle Yi" e o motorista prontamente entendeu tudo. Pouco depois me deixava diante de uma vasta mansão que, somente ela, daria para levar ao delírio os delírios de meu pai.

Era o estilo dele. Daí a minha inicial surpresa ao contemplar a economia literal do envelope a mim destinado. Apenas a indicação do ofício mais óbvio (jornalista), meu nome e nada mais. De duas uma: ou achou que o filho, nos dez anos em que ele esteve ausente, houvesse atingido grau de fama suficiente para desprezar pormenores de rua e bairro, ou, com a sabedoria adquirida no lugar onde agora está, aprendeu que o que é do homem o bicho não come.

Botando o nome do filho no envelope, mais cedo ou mais tarde, como no caso dos bilhetes que os náufragos colocam em garrafas, a mensagem chegaria a algum destino.

Outro detalhe revelava que o pai, apesar de continuar essencialmente o mesmo, fazia agora concessões à boa vontade da humanidade em geral. Nunca enviaria carta ou pacote a quem quer que fosse por intermédio de terceira pessoa sem que ele explicitasse convenientemente o portador.

A novidade era aquele "Em mão". A fórmula preferencial que usava sempre fora o "Por especial favor". Quando, por qualquer motivo, menosprezava o destinatário ou o portador, limitava-se às iniciais "P.E.F.". Mas tanto num caso como no outro jamais dispensaria títulos, funções, nomes e apelidos do portador.

Lembro de ter recebido em Paris, quando lá fiquei indevido tempo, um pacote com mangas carlotinhas que ele me mandou por intermédio de um amigo que tinha o apelido de "Caveirinha". Pois lá estava no envelope que arrematava o embrulho: "Por Especial Favor do Desembargador, Professor e Bacharel João de Deus Falcão, o Caveirinha."

Agora, além da escassez de informações a respeito do filho, havia parcimônia nas qualificações do portador, aliás, nem chegava a haver um portador específico. Ele devia ter feito o pacote antes de ter um portador determinado. Por isso se limitara ao sucinto mas bastante "Em mão".

CAPÍTULO 2

Sobre a minha mesa de trabalho, o embrulho-envelope parece cheirar mais e melhor. Eu nem preciso aproximar o rosto: sinto-lhe o cheiro de alfazema. Mas logo desconfio que, continuando a contemplá-lo, começo a sentir dentro do cheiro maior outros cheiros menores que identifico como dele, embora em escala diferente.

Um cheiro vivo, mas distante, da brilhantina que ele usava, um potezinho pequeno e redondo com bonito rótulo dourado. Não esqueci o cheiro, mas não lembro o nome, era francês, talvez Origan, de Gally, qualquer coisa parecida.

Ele tinha pouco cabelo, mas não chegou à calvície total. Havia entradas que aumentavam a testa, restavam cabelos suficientes para justificar o uso da brilhantina, que não apenas os fixava mas os perfumava.

E ao sentir agora, tantos anos depois, esse cheiro de brilhantina, percebo que me incomoda aqui dentro outra lembrança também antiga e que também tem tudo a ver com ele.

Quando providenciou o meu enxoval para o Seminário, talvez para compensar o fato de que tia Alzira entrara com a parte maior e mais cara, ele tratou de me encher de pequenas regalias e confortos que estavam dentro de suas possibilidades.

Tia Alzira pagara as três batinas feitas pelo Santoro, em Roma, o mesmo batineiro que fazia as batinas do cardeal Sebastião Leme e dos monsenhores e cônegos mais elegantes da arquidiocese. Lá no Seminário, nem monsenhor Lapenda, nosso reitor, tinha batinas de alpaca feitas em Roma, o batineiro dele e da maioria dos outros padres era o Figueiredo, numa loja banal da rua Mem de Sá.

Que me lembre, apenas o cônego Simeão (que era rico) e o padre Cipriano, que era vaidoso, tinham batinas de alpaca feitas pelo Santoro, via del Corso, Roma. Anos mais tarde, quando estive na via del Corso com minha terceira mulher, passei por uma loja que se chamava Santoro mas não era um batineiro: depois do Concílio Vaticano II, acredito que os fazedores de batina entraram em decadência ou faliram. O Santoro que conheci na via del Corso vendia tênis americanos e material esportivo.

Além das três batinas (uma de alpaca e duas de casimira inglesa), tia Alzira completou o enxoval eclesiástico do sobrinho com uma capa viatória que a gente usava quando se deslocava do Seminário para a catedral e vice-versa, o chapéu romano, redondo, que conservo até hoje e que tem uma história comprida: basta dizer que agora, enquanto contemplo o pacote que veio do pai, posso contemplar esse mesmo chapéu, em cima dos livros desarrumados que conservo na pequena estante em frente à minha mesa.

Deu-me também o barrete, com suas três pontas em bico, a borla azul em cima, para diferenciar os alunos dos padres-professores. E a suntuosa sobrepeliz que causaria escândalo, de tão bonita: era uma renda em si, de procedência suíça, com anjos e ostensórios entremeados nos fios de linho, uma obra-prima que afinal usei poucas vezes, o reitor a confiscou, disse que as sobrepelizes deveriam ser padronizadas, o pai teve vergonha de levar o problema até a calle Yi e ele mesmo comprou-me outra, mais modesta, apenas pregueada, sem nenhum adorno.

Tendo tia Alzira entrado com o muito e o caro, o pai não abriu mão de participar com o miúdo e barato. Foram escovas complicadas para o cabelo, as batinas e os sapatos, um canivete (que também me foi confiscado), um pequenino espelho, tesourinha de unha, um copo de alumínio onde mandou gravar minhas iniciais. Quando saí do Seminário, quem confiscou esse copo foi ele próprio. Usou-o até a morte, gostava de nele fazer limonadas com uma técnica altamente desenvolvida: espremia o limão nas bordas do alumínio afinadas pelo uso, com isso obtinha mais caldo.

Dizia que o alumínio acentuava o gosto e potencializava as vitaminas do limão. O copo foi ficando amassado e, como tudo em que metia a mão ou a boca, tomando o gosto dele.

No Natal de 1984, quando o visitei (ele morreria pouco depois), o copo parecia uma ruína, uma sobra de guerra. Apesar de todo arranhado, conservava intactas as minhas iniciais, *C.H.C.*, com o meu número de Seminário: nº 28. Na mesinha de cabeceira, lá estava ele, junto com uma imagem de Santo Antônio, a latinha de balas de cevada marca Sönksen, o remédio de pingar no nariz (o desvio no septo nasal começava a dar problema) e o porta-retratos — com a foto dos três filhos, a do meu irmão um pouco maior do que as outras, no dia de sua formatura em medicina.

Ele já não podia tomar limonadas, eram ácidas para a recente delicadeza de seu estômago fatigado. Mas não dispensava o copo para tomar as doses de um remédio amargo que o médico receitara, a enfermeira tentara usar uma colher, ele estrilou, queria o copo que tinha o gosto dele e as iniciais que eram minhas. E era nele que misturava o remédio a um pouco de água fazendo um movimento rotatório que envolvia a mão, o braço, o tronco e todo o corpo — ele nada bebia sem fazer esse movimento, era uma de suas técnicas mais sofisticadas, dizia que não precisava de colher para misturar o açúcar ao café, achava que o movimento circular com a xícara ou o copo aumentava a eficácia e o sabor de tudo o que bebia.

O copo fora meu durante os oito anos de Seminário. Para todos os efeitos, ele se apropriou do que me dera e o copo ficou sendo dele para o resto do tempo, até o fim. Depois de sua morte, meu irmão se apoderou dele — e nunca mais o vi.

Curiosamente, o pai também me dera a argola para o guardanapo, com minhas iniciais gravadas. Usei-a pouco, os padres quando a viam me avisavam que vaidade de vaidade era tudo vaidade, e tanto vaidade de vaidade era tudo vaidade que aquilo me encheu e eu próprio aposentei a argola.

Quando voltei para casa, oito anos depois, o pai, que se apoderara do copo de alumínio, desprezou a argola. Ela desapareceu nas mudanças que fiz pela vida e não me deixou saudade. Foi o primeiro e (talvez) único presente solene que recebi na vida, numa caixa de cetim azul por fora e branco por dentro, parecendo uma joia que, talvez por não merecer, eu nada fizera para possuir ou guardar.

O pai comprou muitas outras coisas para completar o enxoval com as miudezas que um aluno interno necessitaria. Lembrei a tesourinha, as escovas, o copo e a argola do guardanapo. Embora fossem meus, objetos do meu cotidiano, pareciam de certa forma serem dele também. Talvez mais dele do que meus. Não chegaram a criar problema — coisa que geralmente acontecia quando estavam associados a ele.

Mas houve problema — e como quase todos os problemas da minha vida — por culpa dele. Nem sequer me avisou que havia colocado, no pequeno baú onde guardaria esses apetrechos da vaidade humana, um pote de brilhantina igual ao que usava, lembro agora que não era Origan, de Gally, mas Émeraude, de uma grife francesa que ele muito apreciava, a Coty.

Em seus melhores momentos, chegava a insinuar que tinha parentesco distante com os Coty de Paris. Seriam todos de um velho tronco francês de Saint-Malo, que dera famílias afins com nomes parecidos: Coligny, Coty, Cony, Cogny e Cuny — numa das últimas vezes que foi ao cinema viu *A Doce Vida*, de Fellini, e cismou que o ator Alain Cuny, que fez o papel de Steiner, era parecidíssimo com um primo que eu não chegara a conhecer.

O pote de brilhantina causou escândalo. Se a sobrepeliz foi considerada suntuosa para um seminarista, se a argola de prata era a vaidade de todas as vaidades, a brilhantina era um emblema de luxúria, quase de pecado.

Padre Cipriano, que inspecionou o meu enxoval, segurou o pote com a ponta dos dedos, como se fosse um inseto maligno, um germe transmissor do cólera-morbo, um treponema-pálido pinçado de uma gota de sangue apodrecido pela sífilis.

E foi o mesmo padre Cipriano que me escancarou o universo no qual eu iria passar os oito anos seguintes. Ao contrário do que pensava o pai — que descrevia a vida no Seminário como um paraíso embalsamado por nuvens de incenso e cânticos de matinas —, os colegas caíram em cima de mim quando padre Cipriano me apontou à execração pública:

— Esse aí trouxe brilhantina!

Como a vida costuma dar voltas, tempos depois, já no quinto ano do Seminário, o mesmo padre Cipriano pediu-me para apanhar a bola de vôlei que ele havia comprado para um novo torneio que promovia.

Nunca entrara em seu quarto, que não era quarto, mas um cubículo sem teto, pois compartilhava o mesmo dormitório e a mesma luzinha azul que ficava acesa a noite toda — da qual, estranhamente, tenho progressiva e envergonhada saudade.

A bola estava num canto empoeirado, cercada de objetos que ele confiscava dos alunos por isso ou aquilo. Canivetes, fotografias de primas, um ou outro livro suspeito. No meio desse arsenal de coisas proibidas, lá estava o vidro de brilhantina, só podia ser a minha, via-se ainda o rótulo dourado, Émeraude, com a indicação do fabricante: de Coty.

O vidro estava vazio.

Capítulo 3

Não é essa a primeira vez — nem será a última — que, inconscientemente ou não, associo o pai ao padre Cipriano. Um continuou o outro e, apesar das diferenças e contrastes, eram mais que semelhantes. Apenas padre Cipriano, quando recitava Homero em grego ou Horácio em latim, sabia o que estava fazendo. O pai embromava, volta e meia rosnava uns versos que, apressadamente, podiam ser considerados franceses. Ele garantia que eram ora de Racine, ora de Corneille, mas tenho a certeza que não eram de um ou de outro.

Aluno do internato do Pedro II, no velho casarão do Pedro II em São Cristóvão — onde meu irmão mais velho também estudaria —, teve o curso de humanidades até então obrigatório, mas nem por isso seu domínio do francês era notável, tampouco teve muita oportunidade de praticá-lo.

Já padre Cipriano estudara em Roma, era o único padre da arquidiocese do Rio de Janeiro que conseguira os três doutorados na Universidade Gregoriana: o de filosofia, o de teologia e o de direito canônico.

Durante algum tempo ele usou o título de padre-doutor, depois aboliu o "doutor", segundo constava entre os alunos, por causa de um equívoco: lá em Itaipava, um dos empregados da fazenda, com a mulher parindo, foi acordá-lo no meio da noite, pensando que ele fosse mesmo doutor — para o homem do interior, ao menos naquele tempo, doutor era obrigatoriamente o médico.

Houve outro lance em que o pai e padre Cipriano estiveram unidos, um em cada ponta da corda, corda que me sufocava de raiva contra o mundo, não contra eles.

Padre Cipriano havia feito caprichada mesa de futebol de botão. E como tinha a mania de organizar campeonatos (até campeonato de odes latinas ele fez, foi meu professor durante seis dos oito anos que passei no Seminário), estabeleceu que cada aluno arranjasse um time completo, o que equivalia a dez botões, sem contar o goleiro, que podia ser uma caixa de fósforos.

Foi difícil arranjar dez botões para armar os times. As batinas tinham muitos botões, botões até demais, mas nenhum deles servia para o jogo. Cada colega fez o que pôde. Quando o pai soube da nova e inesperada necessidade do filho, tratou de se virar. Não era caso de incomodar tia Alzira, nem o procurador, mandar telegramas para a calle Yi em Montevidéu, na América do Sul. Comprou-me um jogo de botões de plástico, enormes, já com o escudo do Fluminense (meu time) na parte de cima.

Diante dos times que apareceram no campeonato, o meu era até covardia. De tão grandes e altos eles bloqueavam o campo de tal maneira que seria impossível o adversário fazer gol contra mim.

Mas nem cheguei a estreá-lo, embora padre Cipriano não tivesse, apesar de seus três doutorados na Gregoriana de Roma, um argumento válido para confiscá-lo em nome do Eclesiastes, que garantia ser tudo vaidade das vaidades.

Ele mandou que guardássemos os botões num armário que havia nos fundos do recreio e cuja chave ficava em seu poder. Lá se guardavam as frutas ou doces que recebíamos durante as visitas da família, as bolas de pingue-pongue, as raquetes, as redes. Nada de mais que guardasse também os botões que iriam disputar o Torneio Monsenhor Virgílio Lapenda, nosso reitor, de quem aliás padre Cipriano não gostava porque era careca e incapaz de traduzir corretamente uma ode menor de Salústio — autor de decadência do latim.

Bestamente, entreguei a ele meus botões, preciosos botões que estavam fazendo furor antecipado, pois todos julgavam que com aquele time o torneio perdera a graça, valendo apenas a disputa pelo segundo lugar.

No dia seguinte, quando padre Cipriano abriu o armário, todos os botões lá estavam, todos os times, menos o meu.

Alguém os roubara. Havia um empregado do Seminário que morava numa pequena casa, no final da alameda de bambus que terminava na velha piscina que ninguém mais usava. Oficialmente, seu cargo era o de eletricista, tomava conta de todos os fios, tomadas e lâmpadas dos imensos pavilhões em que vivíamos.

Extraoficialmente, funcionava como bombeiro, mecânico, funileiro, pedreiro, pintor, empalhador de cadeiras e, nos dias de festa, metido num terno de panamá, com gravata-borboleta grená e luvas brancas, servia de *maître* nos banquetes que oferecíamos à Sua Eminência, o senhor cardeal.

Ele tinha um filho, não me lembro se era ele ou o filho que tinha o apelido de Bem-Te-Vi. Para todos os efeitos, o Bem-Te-Vi-filho era inconteste filho desse Bem-Te-Vi-pai, e ambos, pai e filho, foram acusados de terem roubado os botões.

Padre Cipriano assumiu o papel de Grande Inquisidor, acusando-os pública e genericamente, mas aconselhando a que nada comentássemos, pois monsenhor Lapenda, como reitor, teria de chamar os Bem-Te-Vis ambos às falas, Bem-Te-Vi-pai poderia perder o emprego, e a caridade cristã, como pregava São Paulo, tudo devia perdoar.

Como não me sentisse inclinado a seguir o conselho de São Paulo, padre Cipriano me garantiu que Bem-Te-Vi-pai sovara Bem-Te-Vi-filho, ele ouvira os gritos do guri enquanto rezava o breviário na alameda dos bambus.

Pouco me adiantou. Continuei lamentando a perda do meu time, participei do campeonato com botões de reserva que minha mãe me mandou, botões antigos, de velhos casacos dela, não eram apropriados, pulavam por cima da pequenina bola feita de miolo de pão, fui dos últimos colocados no campeonato. Jurei que odiaria o filho do Bem-Te-Vi pelo resto da vida.

No dia em que fui apanhar a bola de vôlei no quarto do padre Cipriano, não foi só o pote de brilhantina que lá estava: lá estavam, também, meus botões de plástico, enormes, inúteis, com o escudo do Fluminense coberto pela Estrela Solitária do Botafogo — padre Cipriano, quando jogava futebol conosco, fazia questão de usar por baixo da batina a camisa do Botafogo. Seu grande ídolo, naquela época, era um beque chamado Nariz.

Capítulo 4

Talvez o embrulho em cima da mesa não tenha cheiro algum, além do distante cheiro de alfazema, cheiro óbvio em se tratando do pai. Mas também senti pela sala um perfume mais antigo que todos os perfumes antigos: o da brilhantina que ele usava.

Os dois cheiros tão diferentes e distantes deviam me alertar para o terceiro. Além do mais próximo (alfazema), do outro mais distante (a brilhantina), havia mais um. De início, foi difícil identificá-lo. Ao olhar uma das dobras do papel que embrulhava o pacote — ele me veio, forte, límpido, total: manga.

O pai gostava de tudo, ou quase tudo, mas era esganado por carne-seca e manga. A atração pela carne-seca mereceria o estudo de um especialista, um tratadista da gula humana. A manga não ficava atrás — e ela foi causa de um dos meus vexames.

O pai nascera no Caju, numa rua que hoje não existe mais, coberta que foi pelas pistas da avenida Brasil.

Era vizinho do cemitério, o maior da cidade, o mais tradicional. Há vários cemitérios no Rio, até em Inhaúma existe um, até no Cacuia, na ilha do Governador. Mas o Caju é o mais confiável, de longe o melhor — se isso possa existir.

“Ir para o Caju”, desde tempos imemoriais, é bater as botas, esticar as canelas, morrer, em suma.

O pai gostava de contar suas façanhas de moleque do Caju. A proeza principal era pular o muro caiado para apanhar balões nos meses de junho, ou roubar as mangas do cemitério — segundo ele, as melhores do mundo. Manga de cemitério — garantia ele — era superior às mangas da Índia, e ele dizia isso com honesta convicção, embora, ao que me conste, nunca tenha provado manga de nenhum outro lugar que não as da Zona Norte da cidade.

Quando encontrava auditório propício, ele estendia suas aventuras dos tempos do Caju mais além. Tivera um colega que se chamava Absalão. Meu irmão e eu já conhecíamos todas as aventuras da dupla, mas o pai, quando se lembrava desse Absalão, não só esquecia que já as contara mil vezes como as ampliava formidavelmente, atingindo um de seus melhores momentos de narrador.

As histórias variavam em detalhes e cronologia, muitas vezes pareciam contraditórias, Absalão ora tinha uma irmã que era complacente nas brincadeiras dos porões escuros, ora não tinha irmã nenhuma mas um padrasto que dava surras de vara de marmelo no enteado — surras que o pai, tantos e tão acidentados anos depois, garantia que eram devastadoras e merecidas.

Obedecendo à tradição dos melhores narradores da história, de Homero em diante, o pai fazia do amigo de infância uma colagem de outros meninos que fora encontrando pela vida, e outros que ele ia inventando conforme a inspiração e o auditório da hora.

Enquanto não vou eu próprio, em caráter definitivo, para o Caju — pois é para ele que irei um dia, já que não considero o São João Batista merecedor da confiança que se deve ter nos cemitérios —, lá tenho ido diversas vezes, mais do que o desejado, acompanhando enterro de parentes ou amigos.

E sempre dou um jeito de me perder por lá, contemplando as mangueiras que ainda resistem, devem ser as mesmas dos tempos do pai e do Absalão — se é que esse Absalão existiu mesmo.

Mas não foram essas as mangueiras do meu vexame, embora tenham sido mangueiras de cemitério, só que de outro.

Foi pela altura do quinto ou sexto ano do curso do Seminário-Menor. Morrera o pai do padre Motinha, nosso diretor espiritual — uma instituição nas casas religiosas. É ele que orienta e acompanha a relação dos alunos com as coisas de Deus, com os negócios da alma.

Na hierarquia de um Seminário, o diretor espiritual é mais importante do que o reitor, que afinal se envolve em questões disciplinares, estudantis, alimentícias, sociais, esportivas, em tudo.

Ao diretor espiritual é reservada a tarefa de moldar as almas em busca da perfeição mística, da vida espiritual, de Deus.

O pai — e já o disse anteriormente — tinha uma técnica desenvolvida de sempre dar um jeito de me ver, de estar próximo. Sabendo da morte do pai do padre Motinha, e intuindo que os alunos do Seminário iriam ser solidários com o luto do diretor espiritual, foi cedo para o cemitério de Santa Cruz onde a família Mota era tradicional e de cuja paróquia o próprio padre Motinha, logo depois de ordenado, fora coadjutor.

Eu estava habituado a esbarrar com o pai nos mais estranhos e inesperados lugares, nas cerimônias ou eventos externos da comunidade. Já não devia ter nenhuma surpresa, mesmo assim me espantei além do necessário e recomendável. Em fila dupla com outros alunos, de mãos postas, compenetrado em preces, acompanhava o féretro pelas alamedas do cemitério. Rezávamos o "De profundis", repetindo a súplica do salmista: *"Si iniquitatis observaveris, Domine, Domine, quis sustinebit?"*

O pai surgiu entre dois túmulos com um pacote de caramelos, eu era louco por eles, vinham embrulhados em papel-celofane azul, o gosto era mistura de chocolate e amêndoa.

Ele tinha extraordinária habilidade nessas manobras. Aparecia pelo meu caminho abruptamente, nos mais disparatados lugares, na sacristia da catedral quando lá ia eu buscar o turíbulo para as missas cantadas: ele saía das sombras de velhos armários com um sanduíche, a gordura do presunto manchando o papel impermeável dos botequins que ele conhecia e que, segundo ele, tinham o melhor presunto da cidade.

Eu apreciava sanduíches dos botequins, era esganado por eles, tal como o pai. Mas ali na sacristia, com o cardeal esperando no altar para incensar as hóstias, os vasos sagrados, o que fazer com aquele embrulho engordurado?

Ele mesmo levantava minha sobrepeliz imaculadamente branca e metia o sanduíche no vasto bolso da batina — os bolsos das batinas são enormes, herança de tempos medievais, quando a roupa do padre era um saco, um bornal que pudesse transportar o pão a ser distribuído aos pobres.

O pai botava o dedo na boca, pedindo-me silêncio, como se fosse eu que estivesse violando a compostura da cerimônia, a solenidade da catedral.

No dia em que morreu o cardeal Leme, ele soube que os seminaristas iriam velá-lo no Palácio São Joaquim. Deu um jeito de passar a noite lá dentro — como jornalista, tinha facilidade para entrar nos lugares, embora nunca estivesse a trabalho. E, durante o velório, tratou de ir ao botequim da esquina da rua do Catete com a rua Santo Amaro, buscar as coisas de que gostava — ele e eu.

Quando voltou, tinha dois pratos, um em cima do outro, embrulhados numa toalha de quadradinhos vermelhos e brancos. Fez-me acenos do lado de fora da capela. Vendo que não me mexia, foi falar com o monsenhor Lapenda que eu precisava ir ao banheiro mas estava com vergonha de interromper a concentração de todos — a missa de corpo presente já havia começado.

Monsenhor Lapenda tinha vindo com dom Sebastião Leme de Recife para o Rio como secretário particular, viajava com ele quando ia a Roma ou a Lourdes, era o sacerdote mais próximo do cardeal. Estava aos prantos (ficaria dias em prantos), nem prestou atenção no pedido, o pai passou por cima das pernas dos alunos ajoelhados, dos monsenhores, dos cônegos, Getúlio Vargas estava no genuflexório principal da capela, levantou os olhos para aquele homem passando por cima dos outros, equilibrando dois pratos de botequim.

Levou-me ao corredor que dava para os jardins do palácio. Eu estava morto de vergonha, não de fome. Mas quando vi o prato que ele me trazia, não resisti. Ele sabia que eu adorava ovo frito com arroz, bife, batatas fritas, pois ali estavam dois ovos fritos feitos naquelas frigideiras de botequim, o bife no ponto, o arroz que até podia ser dispensado. Trouxera também dois pãezinhos que mandara esquentar.

Fartei-me. Ele me olhava, saboreando por ele e por mim o regalo que trouxera. Depois, limpou-me a boca com a toalha quadriculada do botequim, arrumou os pratos vazios, deu-me um beijo e declarou que o cardeal "fora um santo homem, deixaria uma grande lacuna na Igreja brasileira".

Eu me habituara às aparições do pai, mas sempre na catedral, na igreja de São Francisco de Paula, na Candelária, nas igrejas do centro da cidade, não ali, em Santa Cruz, e num cemitério.

Mas lá estava ele, a cara cúmplice, fazendo-me sinal para que fingisse não estar vendo nada, que ficasse de mãos postas, que continuasse respondendo aos salmos, mas me desviasse um pouco da fila, para passar mais perto dele. E foi o que fiz.

Com mão rápida, sábia mão nesses momentos, mão que fazia balões, que sabia dar nós complicados, ele conseguiu num só lance levantar a minha sobrepeliz e introduzir as balas no meu bolso.

Não seria pelas balas nem pela aparição dele entre os túmulos do cemitério de Santa Cruz que eu passaria a vergonha.

O pior, como sempre, não vem antes nem durante: vem depois. Foi na hora de maior comoção, quando padre Motinha, filho e oficiante, encomendava a alma de seu pai a Deus, junto ao jazigo perpétuo dos Mota de Santa Cruz.

Os demais parentes, sem a obrigação de recitar os salmos, o "Libera me", os responsórios, entregavam-se ao pranto desvairado, pranto de Zona Norte, medonho, lancinante, quem ouve um pranto daqueles passa dias com os gritos martelando na cabeça, gritos de dor, dor crua e veraz, que só existe ao longo dos trilhos da antiga Estrada de Ferro Central do Brasil.

Ouviu-se o baque de um corpo que caía. O estrondo fez o pranto parar, emudeceram os gritos, calaram-se os gemidos. O oficiante interrompeu os salmos, os responsórios. Todos olharam na direção de onde viera o estrondo. Temendo pelo pior, fui dos últimos a olhar.

Havia uma mangueira, vasta e verde mangueira ao lado do jazigo perpétuo dos Mota de Santa Cruz. Estava carregada de mangas, embora ainda verdes — manga no Rio costuma dar no alto verão, não sei se em outras paragens é assim —, pois estávamos em agosto, no final do desmoralizado inverno que aqui temos, as mangas começavam a nascer, uma ou outra mais afobada já tinha manchas insinuando o fruto maduro, o cheiro forte de sua polpa amarela, sensual.

Aproveitando a unção do enterro de um Mota de Santa Cruz, alguém subira na árvore e tentara cutucar os frutos que ameaçavam amadurecer. Apesar de dominar a técnica para momentos que exigiam equilíbrio e sangue-frio, o pai cometera algum erro fatal: caiu em cima da carroça que trazia as coroas que seriam depositadas no jazigo perpétuo dos Mota de Santa Cruz.

Houve solidariedade: todos correram para socorrê-lo, escová-lo, abaná-lo, ouvia o pai dizer que não fora nada, apenas o susto, que ninguém se incomodasse, ele não queria atrapalhar o enterro, padre Motinha, olhos avermelhados, logo recomeçou os salmos, os responsórios, eu olhava o chão, querendo ser enterrado também, ali mesmo, com a minha vergonha.

Quando olhei para o lado, sabendo que o pai ainda devia estar ali, vi o que esperava ver: ele catava as mangas maduras no chão.

Capítulo 5

De repente, não senti cheiro algum. Nada fizera além de olhar o embrulho imóvel, no centro da minha mesa de trabalho, eu também imóvel, viajando sem pressa e sem itinerário por cheiros antigos, cheiros que sentira (ou julgara sentir), cheiros que pareciam vir do embrulho mas que, de repente, desconfiei que vinham de mim mesmo.

Na saleta de espera, que antecede a minha, o telefone tocou, a secretária atendeu, ela sabe que, quando me fecho, a ordem é dizer que não estou e que não sabe quando vou chegar. Pode parecer desculpa, ou mentira, mas é uma verdade, talvez a única verdade que consegui produzir: não estou, nem eu sei quando vou chegar.

Desde que coloquei o embrulho na minha frente, estou concentrado em olhá-lo, senti-lo, cheirá-lo.

Já havia reparado no barbante ordinário que corta o envelope em quatro partes, reparara naquele nó, ali no meio, nó perfeito, ajustado ao embrulho, sem deixar folga no barbante — uma técnica que o pai possuía e que atribuía à mania de perfeição que o perseguia sempre que se tratava de fazer um balão, uma pipa, um conserto doméstico.

Associando os cheiros à lembrança de sua mania de perfeição nas pequeninas coisas que precisava fazer — e sobretudo naquelas que não precisava fazer —, lembrei-me da noite em que chegou lá em casa trazendo uma porção de caixas com vidros de diferentes tamanhos, formatos e intenções, garrafas estranhíssimas, pareciam imensas bolas de gude com uma chaminé, latas grandes, pequenas e médias, envelopes contendo pós coloridos e, até então, ignorados por mim e acredito que por ele também.

O pai conhecia um sujeito em Niterói que sabia fabricar perfumes, trabalhara (ou dizia ter trabalhado) justamente na filial da Coty. Como o pai revelara que era parente afastado (e bota afastado nisso) dos Coty de Saint-Malo, foi considerado capaz de penetrar no extraordinário universo do fabrico de perfumes.

Quem não apreciou a nova extravagância foi minha mãe. Em menos de dez minutos ela teve de desalojar os cristais que guardava no móvel que antigamente era indispensável numa sala de jantar e que tinha o nome óbvio de cristaleira.

Nela, o pai instalou aquilo que ele começou a chamar de "laboratório". Meu irmão, que gostava de bajular a maior autoridade que até então conhecia, esboçou um movimento de solidariedade e ajuda, mas o pai cortou qualquer pretensão de parceria. Falou ríspido, poucas vezes o ouviria falar naquele tom:

— Não quero que ninguém meta a mão aqui!

Foram noites compridas que ele passou testando fórmulas, misturando líquidos e pós, sacudindo retortas. Cada lance terminava com o grande, o emocionante epílogo que era encher um conta-gotas com o líquido obtido, pingar cuidadosamente uma gota em certo ponto do pulso esquerdo (o ponto devia ser neutro, sem vestígio de nenhum cheiro anterior) e levar gota e pulso ao nariz para receber o veredito da experiência.

O diabo é que o pai, que já não tinha senso de autocrítica desenvolvido, parecia gostar de tudo o que ia saindo daquela mixórdia de vidros, pós, essências, fixadores. A casa adquiriu um permanente odor de sabonete, mistura de banheiro e casa de flores, de baú de coisas guardadas e velório, até mesmo um pouco de sacristia — os cheiros variavam com rapidez, pois as tentativas se sucediam e ele achava que sempre podia melhorar o produto, para o qual o juiz supremo era o seu nariz — e ele sofria de um desvio no septo nasal que, se não o incomodou durante os anos de vigor e saúde, muito o maltratou na reta final, quando precisava passar sondas a fim de respirar pelos tubos, na fase terminal de sua doença.

Minha mãe começou a queixar-se de dores de cabeça. Eu próprio ficava enjoado com a mistura de cheiros. Na hora das refeições dava um jeito de comer na cozinha ou no quintal, longe de seu laboratório em expansão. A comida adquiria o gosto do perfume, era como se estivesse mastigando aqueles pós, aqueles fixadores que o pai trazia todas as noites. Dizia que eram sucos extraídos das mandíbulas dos jacarés do Pantanal.

Como as experiências não chegavam a um resultado definido, ele passou a ameaçar uma ida ao Pantanal de Mato Grosso a fim de obter o suco das mandíbulas dos jacarés pessoalmente, *in loco,* só assim — acreditava ele — poderia dispor do produto autêntico, da secreção legítima de que precisava.

Evidente que nunca iria ao Pantanal nem a parte alguma. Até que, meses depois da nova e extravagante mania, certa noite ele chegou acompanhado do sujeito de Niterói que já trabalhara na Coty e entendia de perfumes.

Ao contrário do que eu imaginava, não era um francês, nem chegava a ser próximo a um francês. Era um italiano, lá do Sul, chamava-se Giordano, fazia-se passar por ex-técnico da Coty mas também por capitão do exército italiano, durante muitos anos foi íntimo do pai, que se tornou entusiasta de suas façanhas na batalha de Caporetto — naquele tempo, vinte anos depois da famosa batalha, era praxe garantir que havia italiano correndo pelo mundo afora, fugindo dos alemães.

Se Giordano não era, pelo menos tinha a cara apropriada e o visual adequado que deveriam ter os fugitivos de Caporetto. Conservava o jeito desconfiado de olhar em todas as direções, jeito assustado, preventivo, como se temesse os soldados do kaiser, em Niterói mesmo, atrás dele para vará-lo com as afiadas baionetas de aço fundido nos eficientes fornos da Krupp.

Aos poucos me afeiçoaria a esse Giordano, capitão ou não, que passou a dividir com o pai o interesse pela fabricação dos perfumes — dos quais nenhum dos dois entendia realmente. E também pelos trechos de ópera, que os dois apreciavam como manifestação suprema do gênio humano.

Naquela noite, era um desconhecido total para nós. Como fumava cachimbo e falava pouco, pouco ficamos sabendo a respeito dele. Tudo o que mais tarde viemos a saber foi fruto da imaginação do pai, que aproveitando dois ou três elementos da misteriosa biografia do amigo criou um ser fantástico, onisciente, capaz de fabricar perfumes e explosivos, confidente de Puccini, primeiro amante de uma irmã de Eleonora Duse, teórico do Futurismo que logo renegaria quando Marinetti roubou-lhe o esboço do manifesto, enfim, Giordano era um deus exilado em Niterói que o pai descobrira com exclusividade e devorava com gula.

Já era tarde quando os dois chegaram. Minha mãe teve de arrumar a mesa na copa, pois a sala de jantar havia muito se transformara num campo de guerra ou da ciência — conforme o que viria depois.

E tivemos as duas, a ciência e a guerra.

Primeiro foi a ciência. Lá por volta da meia-noite, o pai, com a solenidade que antecedia aos grandes momentos, pingou com escrúpulo e máxima concentração duas gotas no pulso esquerdo de Giordano, um pulso escuro e peludo de mediterrâneo, onde já nasciam os primeiros pelos esbranquiçados da idade. Pingou as gotas e ficou à espera da sentença. Giordano tinha um processo profissional de cheirar: nem sequer tirou o cachimbo da boca, cachimbo que fedia tanto quanto os pós extraídos das mandíbulas dos jacarés do Pantanal.

A novidade — que o pai de pronto incorporou para o resto da vida, sempre que cheirava perfumes ou coisas fabricadas por ele ou pelos outros — foi que Giordano fechou a narina oposta ao lado do pulso: como o pulso era o esquerdo, ele fechou a narina direita. A razão disso sempre ficou incompreensível, a mim e ao pai, mas era sem dúvida uma boa "técnica", fornecia um ritual, embora não fornecesse resultados.

Fechada a narina direita, levantado o pulso esquerdo, com o cachimbo quase apagado que desprendia um cheiro de locomotiva desativada, Giordano aspirou fundo, aspirou fundo outra vez, mais uma vez, olhou para o teto, depois olhou para o vazio, olhou o imponderável, buscando nos códigos do nariz experiente uma opinião, um juízo de valor.

Como era de poucas palavras, limitou-se a dizer:

— *Ecco!*

O pai entendeu como quis. Como era otimista, achou que com aquele "*ecco!*" estava aprovado. Eu presenciei o momento histórico, em nossa sala de jantar, o relógio batendo 12 horas como no poema de Edgar Allan Poe.

Tive a impressão de que Giordano achou que não fora devidamente compreendido com aquele "*ecco!*". Sendo de raras, pouquíssimas palavras, deixou que o pai o interpretasse como bem entendesse.

O pai guardara uma garrafa de vinho Grandjó — da Real Casa Vinícola de Portugal — para comemorar o instante em que conseguisse um perfume que fosse fixado no álcool, tivesse aroma de cravo-da-índia e não manchasse tecidos. Tais e tantas qualidades pareciam ter sido conquistadas, a julgar pelo "*ecco!*" que o capitão Giordano, desertor da batalha de Caporetto, agora residente em Niterói, acabara de proferir.

Beberam o Grandjó em copos de cristal que haviam sido deslocados da nossa cristaleira e que minha mãe colocara em cima da cômoda de jacarandá que ligava a sala de jantar à copa-cozinha.

Não sei se por solidariedade para com o pai, ou por curiosidade para ver no que iam dar aquelas experiências, eu resistira ao sono e ali ficara, num canto, observando as operações. O pai serviu-se de vinho, serviu Giordano e, como não tinha o hábito de me oferecer bebidas alcoólicas, nada me serviu.

Giordano tomou a iniciativa. Com o cachimbo apagado no canto da boca, apanhou um copo, nele derramou um pouco de vinho e me ofereceu. O pai esboçou uma resistência, garoto não devia beber, ainda mais àquela hora da noite, mas Giordano tinha um ar de dono daquilo tudo, dos pós, dos fixadores, dos cheiros, dos vinhos, da noite, do pai e de mim próprio.

Brindamos os três à vitória alcançada. O pai ia fazendo um discurso, mas Giordano o calou com um simples olhar.

Bateu o copo dele no copo do pai, inclinou-se para bater no meu, e pronunciou sua segunda e histórica palavra naquela noite:

— *Evviva!*

Com a espantosa velocidade do pai em mudar o rumo de suas preocupações, ele pegou aquele "*evviva!*" e pediu que Giordano cantasse a ária do brinde da *Cavalleria rusticana*, da qual sabia as primeiras palavras ("*Viva il vino spumeggiante*") e imaginava que Giordano soubesse as outras.

Se sabia ou não — jamais ficaríamos sabendo. Quando bebemos o vinho encerrávamos o momento dedicado à ciência. A guerra viria logo depois.

Conforme havia reparado, no instante em que Giordano me servira o Grandjó, o cachimbo dele estava apagado. Ao tomar os primeiros goles do vinho, muito doce para o gosto de um italiano, habituado aos vinhos secos da Campânia, ele aspirou com força o cachimbo, coisa que habitualmente esquecia de fazer, embora o tivesse sempre na boca. Não obtendo o retorno da tragada, achou que era hora de acendê-lo. Tirou do bolso do paletó um isqueiro cilíndrico, com um pavio cor de laranja, de quase meio metro de comprimento. Naquele tempo eram comuns esses isqueiros de pavio comprido, funcionavam estranhamente, fazendo enorme e descontrolada chama. O isqueiro propriamente dito funcionava como um maçarico. A chama era azulada, produzia fumaça densa, compacta, fedia a querosene.

Sem tirar o cachimbo da boca, Giordano inclinou o rosto para obter o ângulo em que pudesse colocar a chama em contato com o fumo. Acionou a rodinha dentada que se atritava com a pedra de fogo.

Segundo explicações posteriores, o pai cometera algum erro na manipulação daquelas fórmulas. As duas gotas que colocara no pulso esquerdo de Giordano, pelo natural das coisas e pelos rumos inexoráveis da ciência, já deviam estar evaporadas. Mas o fixador usado, apesar de provir das mandíbulas dos jacarés do Pantanal, ou por isso mesmo, em vez de fixar o perfume havia fixado o álcool. A chama, descontrolada do colossal pavio, lambeu o pulso de Giordano, o álcool fixado pelo suco das mandíbulas dos jacarés do Pantanal já havia se entranhado nos poros do italiano.

Assim obtivemos, aos gritos, a terceira e última palavra de Giordano naquela noite:

— *Merda!* (Vai em destaque porque foi proferida em italiano, embora soe e se escreva de modo igual ao português.)

Capítulo 6

Quando o porteiro do Hotel Novo Mundo me entregou o embrulho, mesmo depois de reconhecer a letra do pai, não tive hesitação em segurá-lo como se fosse encomenda banal, um pacote contendo um livro, originais de algum autor que desejava opinião, recortes de jornais.

Pela flacidez só podia ser coisa parecida. Mas o embrulho estava bem-feito, revelava meticulosidade nos pormenores, nas dobras do papel que se fechavam para trás, no acerto das pontas, na eficiência do barbante. Tudo isso mais a evidência da letra, da tinta roxa levaram-me a outros pacotes e embrulhos que havia recebido no passado, todos feitos, amarrados e enviados pelo pai.

E havia sobretudo o nó. Depois de tanto contemplá-lo a distância, com receio de tocá-lo, dele me aproximei não mais para lhe sentir o cheiro — ou os cheiros —, mas para admirar o nó perfeito, justo, obra de arte de que só o pai era capaz.

Parece exagero louvar um nó, mas o pai era o primeiro a se vangloriar da arte de dar um nó. Lá está ele, bem no centro do embrulho, simétrico, sem uma laçada a mais ou a menos. Por experiências anteriores, sei que será impossível desatá-lo, como se fosse um nó qualquer. Precisarei de tesoura, de canivete, de faca. Ele só poderá ser cortado, jamais desfeito: assim era o nó que Ernesto Cony Filho, o pai, sabia e gostava de dar.

Olho com admiração, com um bruto respeito a obra-prima feita com aqueles dedos — que eu beijara, dez anos atrás, quando dele me despedi no Salão Nobre da Casa de Saúde Portugal, na rua do Bispo, onde, em deferência ao meu irmão que ali chefiava um departamento médico, foi feito seu velório.

Ele se jactava de ter aprendido aquele tipo de nó nos tempos em que fora escoteiro — embora nunca tenha sido escoteiro. Foi fase passageira em sua imaginação, atribuía diversas habilidades que aprendera vida afora a tempos e funções inexistentes. Depois, sem que nada houvesse acontecido para mudar de opinião, esqueceu esta referência a um passado imaginário e adotou outra versão — igualmente improvável.

Passou a atribuir essas habilidades a outras circunstâncias e pessoas. No que dizia respeito ao nó, a versão escoteira foi transformada numa história meio enrolada: ele conhecera um marinheiro holandês no bar do Zica, na praça Mauá, no térreo do edifício de *A Noite,* reduto de uma certa boemia nos anos 1930 e 1940.

Trabalhando no *Jornal do Brasil,* cobria as férias de um amigo, o Afrânio Vieira, que era editor de esportes de *A Noite.* Isso o obrigava a ir, depois de entregar suas matérias no próprio jornal, até a praça Mauá, pois *A Noite* ocupava três andares do edifício a que dava o nome e que era então um dos orgulhos do Rio, o mais alto da cidade, rival do Edifício Martinelli, em São Paulo, saía briga entre cariocas e paulistas por causa da altura, da beleza e da importância dos dois prédios.

Certa noite, depois de descer da redação, fora enfrentar uns chopes no bar do Zica. Deu-se então o encontro com o marinheiro holandês. Era um homenzarrão de dois metros de altura, vermelho e queimado de sol — como convém a um marinheiro. Havia perdido o seu cargueiro, fora preso por embriaguez e atentado ao pudor nas imediações do bar — muito frequentado pelas prostitutas, que eram multidão naquele tempo e lugar.

O cônsul da Holanda conseguira libertá-lo, dera-lhe algum dinheiro para pagar o quarto numa das pensões da rua do Lavradio — no mais, que ele se virasse até vir outro cargueiro da mesma companhia apanhá-lo.

O marinheiro sabia poucos ofícios em terra. Mesmo assim, depois de dormir o dia inteiro, à noite se instalava numa mesinha dos fundos do bar do Zica e ali ficava ensinando truques de baralho e outros truques — nem todos inocentes, como o de transformar uma nota de dez qualquer coisa (dólares, pesos, francos, liras, coroas ou cruzeiros) em uma de cem.

Quando o pai contava esse episódio, dava a entender, por meio de sutilezas, que seria capaz de transformar uma nota de dez em uma nota de cem. Acredito que nunca tenha tentado esse tipo de habilidade. Em compensação, tinha orgulho e alardeava, sempre que havia oportunidade — e às vezes sem oportunidade mesmo —, sua ciência na arte de dar nós, que dominava com maestria só igual à inutilidade do novo ofício que aprendera.

Fica difícil explicar essa ciência sem uma exibição paralela da complexa arte. O nó era dado com uma só mão, que não se cruzava com a outra. Uma pessoa normal, na hora de dar o nó, precisa às vezes de uma terceira mão, para firmar as duas linhas do barbante junto ao embrulho, e assim dar a laçada final.

O nó do marinheiro holandês exigia concentração e, sobretudo, equilíbrio, pois a mão precisava ficar perpendicular ao centro geográfico do nó — sem esse detalhe crucial, nada poderia ser feito. Exigia também um movimento preciso e circular na hora decisiva, a fim de dar ao barbante a curvatura através da qual passaria a outra ponta. Sem esses cuidados, seria impossível obter um nó perfeito, justo, indesatável.

E aí entrava um complicador que até eu, admirador de suas múltiplas e notáveis habilidades, não sabia como o pai conseguira superar. Desde os tempos de rapaz, ele adquirira o tique nervoso que o acompanhou pela vida, até mesmo, embora com menor frequência, em seu leito final.

Na família dele, e mais tarde na família de minha mãe, atribuía-se àquele tique o fato de não ter ele atingido os altos cargos que todos esperavam dele. Era, na verdade, um tique tremendo, espalhafatoso, que assustava as pessoas: ele parecia perder o controle do braço direito, que se agitava desgovernado, indo para a frente, com a mão em gancho, como se espantasse ou afastasse alguma coisa que fosse bater em seu peito.

Quando o conheci, já tinha esse tique, que também chamavam de cacoete. Havia fases moderadas, outras violentas, que nada tinham a ver, aparentemente, com o seu estado de saúde ou ânimo. Pelo contrário: em momentos difíceis, de tensão ou aborrecimento, ele até se esquecia do tique, ficava horas sem entrar na convulsão deprimente que espantava os estranhos e constrangia os conhecidos.

Em casa, nunca se falava naquilo. Raríssimas vezes minha mãe aludia a um tratamento que, ainda solteiro, ele havia feito sem resultado.

Bem verdade que o tique não o impediu de ganhar a vida, de realizar coisas, algumas maravilhosas, outras banais, como fazer a própria barba, curativos (uma de suas perícias eram os curativos). Sua mão era tão firme (quando queria) que, ao fazer as lanterninhas da festa de Santo Antônio, era capaz de cortar a cartolina que servia de base às velinhas sem apelar para o compasso: com a tesoura de minha mãe, com a folha da cartolina erguida pela mão esquerda, ele fazia a rodela precisa, sem um desvio, sem uma hesitação. Colocadas uma em cima das outras, para receber o papel de seda colorido, as rodelinhas pareciam cortadas por máquina, de tão exatas e iguais.

Sabendo disso, não devia me admirar daquele nó, um momento de verdade para ele, pois precisava apelar para o equilíbrio perfeito, para a coordenação da mão direita com o resto do corpo, e, detalhe impressionante, teria de dar a ligeira inclinação ao corpo para conseguir o balanço sem o qual não conseguiria passar uma ponta por dentro da laçada da outra.

Capaz desse malabarismo, conseguia o nó exato, viesse ele dos tempos de escoteiro que nunca fora, viesse do marinheiro holandês. E a prova estava ali, no embrulho em minha mesa de trabalho.

Para abri-lo, eu teria de apelar para a tesoura. Seria um sacrilégio, uma profanação cortar aquele nó. Deixei-o tal como fora dado.

Em muitos sentidos, o nó — mais do que a letra e a tinta inconfundíveis — era a certeza de que sua mão ali estivera. Sinto até o seu jeito de prender a respiração no momento de apertar o nó, como se domasse um animal minúsculo mas rebelde, que exigisse energia e moral para ser domesticado. Sim, o nó fora dado por ele, mas onde? Como? Por quê?

Contemplando o nó eu me lembrara daquele tique que, durante anos, me constrangeu, e, às vezes, me envergonhou.

As pessoas ficavam assustadas e perguntavam se o pai era doente, se sofria de epilepsia, se estava passando mal.

Com o tempo, habituei-me à curiosidade que ele provocava. Quando as perguntas eram mais diretas, eu me limitava a explicar que era um tique nervoso, ou que ele havia recebido uma pedrada à altura do ombro, quase na base do pescoço, um nervo ficara afetado, volta e meia esse nervo desgovernava o braço e a mão — e pronto, dava a desculpa e logo engatava outro assunto ou saía de perto da pessoa que desejasse saber mais e melhor.

Quanto ao pai, ele sempre ignorou o problema e a pergunta. Dava a impressão de não ter ouvido quando alguém indagava se ele "estava passando mal". Desanimavam de saber mais, percebiam que haviam dado mancada, mudavam de assunto.

Lá em casa, nunca se falava no problema. Todos aceitavam o tique do pai e conviviam com isso, era como se ele não o tivesse. Paradoxalmente, talvez fosse o próprio tique que lhe dava tanta habilidade manual. Um curativo feito por ele era uma obra de arte. No dia em que Helena, menina de 9 anos, filha de nossos vizinhos, foi atropelada e quebrou a perna, quando ela chegou ao pronto-socorro houve pasmo: quem teria prestado os primeiros socorros, quem colocara a tíbia no lugar, quem imobilizara com tamanha perícia a fratura da menina? Não acreditaram quando souberam que o pai, além de não ser médico, nem ter curso de enfermagem, sofria de um tique nervoso que equivalia a uma deformação física.

Foi assim que, com surpresa e uma dose de apreensão, ali por volta de 1947, no período entre a minha saída do Seminário e meu casamento, a mãe aproveitou estarmos sozinhos em casa e puxou o assunto. Era preciso fazer alguma coisa para curar o pai daquele esgar que o atacava cinco, seis vezes ao dia. Embora ele já estivesse com mais de cinquenta anos, sempre era tempo de tentar uma cura.

E minha mãe tivera uma ideia.

Capítulo 7

Foi naquele ano (1947 ou 1948) que apareceu em Minas um padre que fazia milagres. É sempre em Minas que acontecem essas coisas, esses milagres. O padre chamava-se Antônio, era magro, de cabelos brancos, um pouco amulatado — a se deduzir das fotos que os jornais publicavam.

Pároco de Urucânia, vilazinha do interior mineiro, perto de Ponte Nova, era devoto de Nossa Senhora das Graças e em nome dela fazia milagres formidáveis. Paralíticos andavam, mudos falavam, cegos enxergavam, leprosos ficavam curados, tuberculosos desenganados se livravam das hemoptises e das febres — a imprensa noticiava os milagres e vendia horrores com aquele que passou a chamar de "o Taumaturgo de Urucânia". O povão não sabia exatamente o que era *taumaturgo,* mas acreditava, afinal, padres existiam em todas as partes, taumaturgo só em Minas, mais precisamente, só em Urucânia.

Ainda não havia televisão no Brasil, a mídia de então era o rádio, os jornais (somente no Rio havia mais de dez jornais, entre matutinos e vespertinos) e, principalmente, a revista *O Cruzeiro,* em cores, que chegava a vender setecentos mil exemplares semanais, recorde continental na época.

Todo esse poder de fogo concentrou-se em divulgar os milagres do padre Antônio, o Taumaturgo de Urucânia. Os *Diários Associados*, do Assis Chateaubriand, assumiram a campanha e um dos jornais da rede, o *Diário da Noite*, que se destacava nas bancas porque a primeira página e a última tinham cor esverdeada, promoveu uma romaria ao padre Antônio.

Não existiam, em escala profissional, agências de turismo com excursões organizadas. As poucas que sobreviviam no mercado eram internacionais, vendiam passagens de navio para a Europa ou para os Estados Unidos. Era mais fácil o carioca ir ao Havre ou a Hamburgo do que a Manaus ou a Pirapora.

O *Diário da Noite* fretou um trem especial que faria as muitas conexões ferroviárias até Ponte Nova, e de lá, em caminhões e carroças, até a paróquia do taumaturgo. O preço do pacote era razoável, incluía acomodações em casas do local (pois não havia hotéis), e as autoridades eclesiásticas do Rio se não incentivaram a caravana, pelo menos não a condenaram.

Minha mãe não precisou explicar tudo isso. Simplesmente mostrou-me o recorte do jornal que atestava a eficiência do taumaturgo e estabelecia condições e preços da caravana.

Perguntou-me o que achava da ideia de mandar o pai até lá, tentar a cura. Pensei um pouco, achava a ideia meio maluca, mas não me cabia cortar a esperança de minha mãe, que era devota e devia sofrer com aquele tique nervoso do pai. O diabo — foi a minha resposta — seria convencê-lo a assumir o papel de romeiro, incorporar-se a uma caravana de peregrinos. Não fazia o gênero dele.

Em matéria de peregrinos, ele tinha como referência única o coro do *Tannhäuser,* uma das óperas que mais admirava: depois das três mais queridas de Puccini (*La Bohème, Tosca, Manon Lescaut*), ele colocava logo em seguida, numa elipse fulminante e inexplicável, três óperas de Wagner (*Os mestres--cantores, Tristão e Isolda* e o citado *Tannhäuser*).

Com essa noção wagneriana de peregrinação, dificilmente seria convencido a tomar um trem na Central do Brasil, sob o patrocínio de um jornal rival ao seu (ele já trabalhava no *Jornal do Brasil*), meter-se no interior de Minas em busca de uma cura que, na realidade, já não buscava mais.

A mãe apelou para minha imaginação, que eu falasse com os amigos dele, que me virasse, mas que botasse o pai no tal trem e na tal romaria. Alguma coisa dentro dela — admitia — dava-lhe a certeza de que o pai voltaria curado.

Para não cortar as esperanças dela, prometi que faria alguma coisa e fui para a rua, andar a esmo, em busca de inspiração. Era a primeira vez que, em minha casa, abordava-se com franqueza o cacoete do pai. O assunto era delicado.

Subitamente, reparei num pormenor ao qual não dera importância: por que minha mãe não falara primeiro com meu irmão mais velho? Ou com nós dois juntos, já que se tratava de uma decisão de família, a primeira (que me lembrasse) ocorrida no seio da nossa — e a última também.

Deduzi que ela me escolhera por um motivo que estava claro: meu irmão também tinha problemas com a saúde. Terminava o curso de medicina, já podia estar formado mas fora obrigado a trancar a matrícula na faculdade por causa de um início de tuberculose. Passara dois anos em Campos de Jordão, numa epopeia da qual o pai foi personagem importante e maravilhoso.

Todos os esforços dele eram para formar meu irmão. Tanto ele como minha mãe procuravam poupá-lo de tarefas e preocupações. Daí ter levantado a questão comigo.

Mas meu irmão era um romeiro potencial, se alguém lá em casa precisava de um empurrão sobrenatural, esse alguém era mais ele do que o pai, que, apesar do mal que sempre o prejudicara, sustentava a família com dignidade e, ao modo dele, era feliz, até mesmo felicíssimo.

A solução que apresentei, naquela mesma noite, foi convencer o pai a levar meu irmão na romaria. Ele iria junto, como sempre esteve junto dos filhos em expedições mais simples e sem a finalidade da romaria a Urucânia e aos milagres do padre Antônio.

Minha mãe encarregou-se de transmitir a sugestão ao pai. Conhecendo-o bem, eu sabia que a romaria estava garantida.

Não deu outra. No dia seguinte, o pai amanheceu excitado com os preparativos. Seguindo seu estilo, sua "técnica" de realizar coisas, fossem elas grandes ou pequenas, um conserto de torneira ou uma expedição ao Polo Norte, ele assumiu o comando das operações a começar pelo princípio dos princípios, ou, como ele costumava dizer, lembrando-se dos seus tempos de latim do Pedro II: "*Ab Jove principium.*" Começando por Júpiter. E o Júpiter, naquela casa e circunstância, era ele mesmo.

A ideia, que havia sido de minha mãe, passou a ser dele. Lá em casa foi mais comedido, disse que ficara impressionado com os relatos que lera nos jornais. Mas pelas ruas e caminhos da cidade passou a espalhar que havia tido um sonho — e tanto promoveu a excursão particular que aos poucos foi ampliando a ideia para uma romaria colossal: o primeiro que arrebanhou foi nada menos do que o Giordano, capitão de Caporetto, que não tinha, aparentemente, nada do que se curar. Mas Giordano havia recebido de um amigo, tripulante do *Conte Grande*, navio italiano que fazia a linha Gênova-Buenos Aires, uma remessa de linguiça calabresa, foi lá em casa mostrar a preciosidade, um vasto balaio forrado de papel impermeável, fartos quilos da boa, da genuína, da inimitável linguiça da Calábria, linguiça artesanal, com todos os sabores e perfumes dos vastos campos do Sul peninsular.

Diante daquela preciosidade que Giordano expôs na mesa, se meu pai ainda tinha dúvidas se devia partir — perdeu-as de vez. E partiu.

Antes, porém, surgiram novos lances. Meu irmão estava noivo daquela que seria a sua primeira mulher. Era impossível passar uns dias separados, queria levá-la também. Julgando-se o núcleo principal da romaria, uma vez que se tratava da tentativa de cura milagrosa e definitiva de seus pulmões, ele declarou que só iria se levasse a noiva.

Em face das novas perspectivas que se abriam, minha própria mãe surpreendeu-me. Já que o pai levaria o amigo Giordano, capitão de Caporetto, que iria profanar a santa romaria, pois nada tinha do que se curar, ela decidiu convidar uma afilhada que sofria de ataques, passava temporadas no Hospital Psiquiátrico do Engenho de Dentro, era boa moça, filha de Maria na paróquia do padre Aníbal, em Realengo. De repente, sem aviso prévio, ela entrava em transes, sufocações de imensas cóleras, em devastadora fúria ameaçava os vizinhos com uma faca, quebrava tudo, ia para a rua quase sem roupa ou sem roupa nenhuma — até que apareciam os enfermeiros do Hospital Psiquiátrico e a levavam, em camisa de força, para os choques elétricos que a maltratavam e a faziam piorar cada vez mais.

O pai logo aprovou a cooptação da moça, que se chamava Alayde, cujo retrato estava sempre no livro de orações de minha mãe. Era uma moça até que mais para bonita do que feia, tinha o rosto redondo de filha de Maria, uns olhos doces, falava baixinho, era muito pudica e comportada.

Eu sabia que minha mãe não apenas rezava por ela, mas, na medida das possibilidades, a ajudava nos tratamentos, visitando-a em suas temporadas no hospital, levando-lhe remédios, doces, frutas e até mesmo dinheiro.

A comitiva já estava grande: o pai, meu irmão, sua noiva, Alayde, o capitão Giordano. O qual, ao saber que a romaria se expandia, declarou que levaria a filha, que se chamava Miquinha, noiva de um tal Giuseppe, também italiano, ou melhor, siciliano, que tentava a vida como ajudante de um capataz que explorava bancas de jornal em volta da Central do Brasil.

Estavam as coisas nesse pé e dimensão quando, pela habitual inconfidência do pai, a notícia da romaria se espalhou pelo bairro e dois dias antes da partida surgiu lá em casa uma pequena comitiva de rapazes que se reuniam no botequim do Constantino, na esquina do largo do Rio Comprido com a rua do Bispo.

A comitiva solicitou uma caridade: que a caravana incorporasse um tal de Robson, rapaz do bairro, muito estimado por todos, que sofria de uma espécie de paralisia nas pálpebras, que não conseguiam ficar abertas.

Não se tratava de um cego. Mas como os músculos das pálpebras não conseguiam mantê-las abertas, ele sempre estava de olhos fechados e, para todos os efeitos, vivia e portava-se como um cego.

Eu o conhecia de vista, o pai não. Mesmo assim, quando se inteirou da coisa, achou que era caso para o rapaz se incorporar à romaria, os jornais que noticiavam os milagres do Taumaturgo de Urucânia diziam que o forte dele era a cura de cegueiras e complicações afins. O pai achou que a doença do Robson era uma "complicação afim" e o aceitou na expedição.

Tudo pronto, o pai excedeu-se. Movimentou conhecidos, era amigo do pessoal da Sala de Imprensa da Central do Brasil e a do Ministério da Viação, da qual a Central era um departamento. Além do mais, conhecia a turma dos Associados que promovia a romaria. Arranjou os melhores lugares, embora o trem fosse correr em regime de classe única, sem vagão-restaurante e sem vagões-dormitórios. Problemáticas seriam as acomodações em Ponte Nova, nas outras localidades pelo caminho e em Urucânia.

Na véspera da partida, promoveu uma última inspeção nas bagagens e apetrechos, ele gostava de checar as coisas, tinha uma técnica para isso, fazia a relação pormenorizada de tudo o que precisava levar, de tudo o que de fato levava e de tudo o que não pudera levar mas deveria providenciar pelo caminho. Colava etiquetas de diversas cores nas malas, sacolas e maletas, diferenciadas pelo "preciso", pelo "tenho" e pelo "vou arranjar".

Para evitar atrasos e contratempos de última hora, marcou a concentração geral para a véspera, em nossa casa. Nem Colombo nem o Grande Vasco, partindo a caminho das Índias e da América, tomaram tantas e tão detalhadas providências.

A casa virou um inferno. Além das malas, maletas e sacolas que entupiam os corredores, o pai exigiu que Giordano, capitão de Caporetto, sua filha Miquinha e seu genro

Giuseppe viessem de véspera, dormissem lá em casa, para todos poderem ir juntos. Dessa forma, com essa concentração preliminar, um grupo não precisaria esperar pelo outro, se um perdesse o trem, todos perderiam, se um embarcasse, todos embarcariam.

Alayde também veio de véspera. Só o Robson, que morava perto, foi dispensado da concentração, comprometendo-se a aparecer meia hora antes de ser dada a partida para o reino encantado da saúde e da fé, em busca dos milagres do Taumaturgo de Urucânia.

Ocuparam os sofás disponíveis. Cedi minha cama à Miquinha, indo dormir na rede onde o pai gostava de descansar nas tardes de domingo, as únicas que passava em casa.

Com a bagunça instalada, com o desconforto da rede — jamais consegui dormir numa —, era natural que ficasse acordado parte da noite. Percebi que havia barulho nos lados da cozinha. Todos dormiam, alguns roncavam — o ronco do siciliano Giuseppe parecia o rumor de um Etna prestes a entrar em erupção. O corredor que ia para a cozinha estava entupido. Mas era de lá que vinha o barulho.

Fui na ponta dos pés, para não acordar ninguém. No meio do caminho comecei a sentir o cheiro. E na cozinha encontrei o pai e o capitão Giordano, de Caporetto, fritando algumas linguiças calabresas como aperitivo para tão grandes e pias emoções.

No dia seguinte, acompanhei a turma até a Central. Alugamos dois táxis, chegamos à Central na hora marcada pelos promotores da romaria. Foi, tenho a certeza, a única vez que o pai não chegou atrasado a uma viagem de trem. Havia sido um dos suplícios recorrentes de minha infância.

Quando íamos para Rodeio ou para Paquetá, o pai era o último a aparecer na plataforma da Central ou no cais Faroux. O trem já começava a andar, a barca já largara as amarras, quando, esbaforido, correndo, às vezes gritando para que o esperassem, surgia o pai, equilibrando os óculos na ponta do nariz, o paletó aberto balançando à ventania que ele próprio fazia.

Minha mãe, que o conhecia há mais tempo, já se habituara e sabia que ele surgiria no último minuto, botando os bofes para fora, mas surgiria.

Levei anos para me habituar. Em criança, quando se falava em viajar, minha primeira reação era a de angústia, imaginava a gente no trem ou na barca esperando o pai, o trem e a barca partirem e a gente sem ele. Como iria ser a nossa vida sem a sua presença, seus truques, suas técnicas?

Bem, no dia da romaria ao Taumaturgo de Urucânia, eu não embarcaria, ficaria em casa, segundo a expressão do pai, "guarnecendo a retaguarda". Ele seria a ponta da vanguarda, o homem-fronteira, o desbravador do Maravilhoso.

O trem já estava cheio, uma multidão de estropiados, cegos, paralíticos, mutilados, uma humanidade triste mas esperançosa. Cantavam hinos sacros, "com minha Mãe estarei/ na santa glória um dia/ junto da Virgem Maria/ no céu triunfarei".

O coro era medonho na igual medida em que era desafinado: "no céu, no céu! com minha Mãe estarei/ no céu, no céu! com minha Mãe estarei!"

As vozes, contudo, não eram esganiçadas e trêmulas, como nas igrejas e procissões. Pelo contrário: era um cântico medonho, sim, mas forte, viril, gente vestida de esperança. E havia muitos que ali estavam mais ou menos como o Giordano, só para ver como era. Esses é que cantavam com mais brio, para animar os outros e, talvez, animar-se.

O nosso grupo, em confronto com outros, se destacava pela saúde agressiva, bovina. Tirante o Robson, com suas pálpebras caídas que o faziam cego — de quando em quando elas se abriam por segundos e ele conseguia se orientar um pouco, vacilante, humilde, como se cego realmente fosse.

Olhado de perto, parecia um grupo de turistas que ia tomar um trem errado, na plataforma errada. O capitão Giordano cobrira a cabeça com um boné tipo Sherlock Holmes, inclusive com aquelas orelheiras para a hipótese dos frios das Minas Gerais. Miquinha vinha de calça apertada, acentuando suas gordas coxas de filha de italiano. Meu irmão e a noiva pareciam dois jovens estudantes que iam passar as férias num campo de golfe.

O pai, como sempre, formava um capítulo e uma visão à parte. Não fora à toa que tantas vezes lera o *Tartarin de Tarrascon*: assim como o grande Tartarin quando partiu para caçar leões na África, na terra dos *teurs*, vestiu-se como um *teur* (ao desembarcar, causou admiração porque era o único *teur* na terra dos *teurs*), o pai estava que nem aquele velhinho do filme de Monicelli: esportivo.

Meias grossas, de cano longo, recebiam as calças-culote que ele arquivara desde os tempos em que ia me visitar na fazenda do Seminário. Monsenhor Lapenda mandava-lhe os cavalos mais idosos e tranquilos para evitar problemas. Mesmo assim, houve a vez que ele desabou do Chouriço, cavalo de mansidão exemplar, que só era acionado para duas visitas: a de dona Mariana, que ia à fazenda uma vez por semana para fazer as hóstias; e a de meu pai.

Pois esses culotes, dos quais eu nem lembrava mais, lá estavam, dando ao pai uma figura de explorador inglês que vai para a África procurar ossada de antepassado.

E havia um detalhe que o distinguia, que o tornava soberbo, ali na plataforma da Central. Ainda nos tempos de Seminário, mesmo sem ser muito religioso, o pai decidiu aderir a uma confraria na matriz de Santana, uma associação pia que se fazia marcar nas missas e ladainhas pelas fitas roxas que seus membros ostentavam em volta do pescoço.

Eu sabia que o pai havia sido membro da tal confraria, mas, estando no Seminário, nunca o vira no exercício de funções confrariais. Agora, partindo em romaria, em busca da saúde para o filho (o pai morreu sem nunca suspeitar da armação que minha mãe e eu havíamos feito para tentar a cura de seu tique nervoso), ele achou de sua obrigação ostentar a fita de gorgorão roxo, com enorme medalha pendurada no peito.

Apesar de ter chegado na hora aprazada para a reunião dos peregrinos, ele acomodou a sua turma nos melhores lugares que havia arranjado na Sala de Imprensa da Central, mas ficou pela plataforma, conversando com os organizadores, tomando providências — uma das coisas que mais gostava era tomar providências, fossem quais fossem, tivesse ou não habilitação, mandato ou competência para tomar providências.

Foi o último a pular para o trem em movimento.

Cinco dias depois, o *Diário da Noite* esgotou duas edições vespertinas com o anúncio da chegada do trem dos romeiros e com a descrição dos milagres do Taumaturgo de Urucânia. Foi a minha vez de apelar para o pessoal da Sala de Imprensa da Central, em busca de uma credencial para estar presente e bem-situado na hora da recepção.

O pai me recomendara a um amigo, Sabino Monteiro de Lemos, que tinha a fama de se fazer passar por médico mas que era médico mesmo, tão notável que preferia viver de seus rendimentos de repórter.

Sabino avisou-me que, mal o trem chegasse aos limites do Distrito Federal (o Rio ainda era capital da República), seria recebido pelas autoridades da Central do Brasil e dos Diários Associados. Ele me incluiria no comitê que se deslocaria para Deodoro, primeira parada do trem dos romeiros, muitos dos quais moravam pelos subúrbios vizinhos.

Nunca ia para aqueles lados. Fomos de carro, em caravana. Ao chegarmos a Deodoro, um telegrafista procurou os promotores da romaria para comunicar as novidades: o trem passara, minutos antes, por Japeri, e havia problemas. Que tipo de problemas? — quis saber o sujeito que parecia ser o responsável mais categorizado pela excursão.

O telegrafista levantou os ombros, exibiu a fita do telégrafo que recebera, havia problemas, mas não sabia que problemas podiam ser. Nada com o trem em si, a locomotiva, os vagões, os trilhos, os dormentes. Eram problemas com os próprios romeiros.

Comecei a suar frio. Alguma coisa me dizia que aqueles "problemas" tinham a ver com a minha turma. Só não podia imaginar o quanto.

Quinze minutos depois, o trem chegou. Eu tinha visto a partida, faixas abertas ao lado dos vagões saudando padre Antônio e Nossa Senhora das Graças, faixas de agradecimento ao *Diário da Noite* e à Central do Brasil. Lembrava-me dos cânticos, "no céu, no céu! com minha Mãe estarei". Era uma expedição de fiéis ao sobrenatural, ao território do milagre, ao universo da graça.

Pelo jeito como a locomotiva entrou na estação, já podia se pressentir a decepção e, o que é pior, o caos. Depois da locomotiva — o maquinista, ao ver na plataforma a delegação das autoridades, fez um gesto de quem não tinha culpa do que havia acontecido. Tirava o corpo fora, lavava as mãos —

embora a máquina estivesse limpa, já fosse uma eletrodiesel e não as encardidas marias-fumaças de tempos atrás.

Depois vieram os vagões, escuros — houvera pane na luz de todos eles —, e os passageiros estavam tão estropiados, tão piores que pareciam mortos, caídos dos assentos, prostrados nos corredores. Nenhuma faixa, nenhum cântico.

Mal o trem parou, ouvi gritos de um dos últimos carros. Gritos desesperados, de mulher em convulsão. Nem precisei me aproximar: vi meu pai tentando segurar Alayde, que ameaçava atirar-se pela janela do vagão. Ela gritava que havia sido apalpada por velhos sacanas no escuro, estava suja de sangue, ficara menstruada durante a viagem de volta.

Houve muita confusão, a princípio pensaram que o pai é que teria tentado violar a moça. Meu irmão apareceu, cansadíssimo, arrebentadíssimo, um frangalho, amparado pela noiva, que também estava um bagaço. O ceguinho Robson, com as pálpebras caídas, ficara no chão do vagão, sem nada entender e sem nada ver na escuridão do carro e na escuridão de seus olhos vendados. O clima era de ruína.

Alguém precisava fazer alguma coisa. Sabino foi rápido, arranjou uma ambulância que levaria Alayde ao hospital mais próximo, estava agitadíssima, dizendo palavrões, que fora estuprada no escuro do vagão, queria se matar.

Nunca vi o pai tão cansado, tão abatido. Quando o pessoal da ambulância chegou e assumiu a responsabilidade pelo estado de Alayde, ele desabou em cima do meu ombro:

— Vai lá fora... arranja um táxi... não vou seguir neste trem... não aguento... foi terrível... uma humilhação...

Saí para buscar o táxi. Quando voltei, vi o que nunca vira antes nem veria depois: o pai desabado num banco, olhando fundo para o nada.

Custou a me reconhecer, apesar dos sinais que lhe fazia. Quando percebeu que eu chegara com o táxi, levantou-se, apanhou a pequena maleta que levara. O *teur* que iria à terra dos *teurs,* o romeiro com fita roxa no pescoço e medalha no peito estava reduzido a um escombro.

Fiz um gesto para ampará-lo, ele recusou. Apesar de esbodegado, não precisava de arrimo, somente me passou a maleta para que eu a levasse. Quando entramos no táxi, meio atordoado, perguntou pela mala. Tranquilizei-o: a maleta estava ali, comigo.

Ele tirou os óculos e desabou sobre o encosto do banco traseiro. Para deixá-lo mais cômodo, fui para o banco da frente, ao lado do motorista. Dei o endereço e, não andamos cem metros, percebi que o pai dormia, roncava num sono exausto, nas últimas.

Mas logo em seguida o táxi deu uma freada e ele acordou. Quis saber onde estava: no Méier — informou o motorista. Perguntou mais uma vez onde estava a maleta.

— Aqui comigo, pai — respondi.

Ele fez uma pausa, depois insistiu:

— Abre, vê se as linguiças estão aí dentro, na parte de baixo.

Estavam.

Capítulo 8

Uma vez mais me aproximo do embrulho. Já contemplei o nó do barbante, apreciei sua técnica, sua eficácia. Não saberei desatá-lo nem poderei cortá-lo com tesoura ou faca. Seria indigno dele. Terei de abrir o embrulho à galega, rompendo-o pelos lados. Como ele fazia, embora com apurada técnica.

Já ia retornando à posição normal na cadeira, apoiado em seu encosto, quando reparo que, ao fazer o agá do meu segundo nome, um agá enfeitado, sempre caprichado, a tinta roxa tinha resvalado pela caneta. Se o papel fosse mais liso, menos absorvente, ali teria nascido um borrão, dos muitos que ele deixou pela vida afora sempre que usava a tinta.

Textos, envelopes, avisos, qualquer coisa escrita só lhe saía limpa se fosse a lápis. De resto, era problema comum a toda a geração de jornalistas daquele tempo.

As redações se abasteciam com tiras de papel que sobravam das bobinas da rotativa. Cortadas ao longo, eram compridas e estreitas. As máquinas de escrever eram raras, raríssimas. Redatores e repórteres usavam essas “tiras”, cobertas de cima a baixo com o texto invariavelmente feito a lápis, pois o papel era poroso, apropriado para receber a tinta da rotativa e não a tinta usada na escrita comum.

Aliás, o problema mecânico — lápis, tinta, máquina de escrever — foi responsável pela superação e aposentadoria de toda uma geração de jornalistas, o pai inclusive. Nunca aprendeu a bater à máquina, nem sequer tentou. Não que duvidasse de sua capacidade de aprender uma nova técnica, mas porque sabia que, batendo à máquina, não seria a mesma coisa, o pensamento ficaria difícil de escorrer, faltaria o contato físico com o papel.

Também escrevia a tinta, nas cartas, nos documentos oficiais que passavam por ele, nunca se habituou ao uso das esferográficas. Seu veículo preferencial de expressão era o lápis ou a caneta tradicional, as penas de aço que precisavam ser molhadas na tinta e que, no caso dele, sempre provocavam borrões.

Lápis usou sempre, até o fim da vida. Tinta, usou-a também, em documentos que julgava importantes, mas alguma coisa atrapalhava a relação entre os dois. Depois de anos em que usou penas de aço, descartáveis, que exigiam mata-borrão a cada linha, submeteu-se às canetas-tinteiros, mas nunca as apreciou. Gostava das mais vagabundas, grossas, que por solidariedade para com o dono pingavam tinta além da necessidade — era raro um original seu que não tivesse borrões.

Em vão comprei-lhe canetas, já em sua fase terminal de jornalista. Canetas boas, uma Parker 51 — que era a mais valorizada no mercado —, ele dava um jeito de perdê-las ou dá-las a terceiros.

Constatando sua fobia às canetas melhores, e para evitar seus originais borrados, dei-lhe boas tintas, as melhores que encontrava nas casas especializadas. Mas ele também as recusava, preferindo usar a mais barata e comum, da marca Sardinha.

Vinha em vidrinhos pequenos, tipo botijão, o rótulo trazia uma sardinha escura em fundo amarelo. O nome Sardinha provinha do fabricante, um português que não conheci, morava em Jacarepaguá, era amigo do pai. Tão amigo que lhe passou a fórmula, sabendo que nele jamais teria concorrente.

Apesar disso, não me admirei quando o vi chegar, uma noite, com estranho carregamento. Eram vidros e corantes, ácidos, um pequeno fogareiro a álcool. No dia seguinte, inaugurou nova fase de pesquisas: fabricar a própria tinta.

Já tentara fabricar perfumes, não para comercializá-los, mas para uso próprio e para presentear os amigos. Deu no que deu: queimou o pulso esquerdo do amigo Giordano. O capitão de Caporetto gritou o palavrão em italiano, houve ameaça de incêndio, queimaram-se pós, os vidros de fixador explodiram, a catástrofe colocou ponto final na experiência e no pequeno e improvisado laboratório que ele montara na cristaleira.

Com a tinta seria diferente. O novo laboratório não ficou dentro de casa mas no quintal. Construiu um alpendre com folhas de zinco, umas prateleiras de pinho e começou a aviar a receita recebida do Sardinha.

Teve sucesso. Mas a tinta que produzia era muito líquida, líquida demais, vazava das canetas-tinteiros, mesmo das melhores, das mais seguras. Nas penas de aço comum funcionavam razoavelmente, mas era preciso cuidado, qualquer movimento brusco e elas formavam um borrão que logo se fixava no papel e não era bem-absorvido pelos mata-borrões da época. Os originais que produzia conseguiam sair mais borrados ainda.

Morreu o Sardinha de Jacarepaguá mas o pai continuou amigo da família, na pessoa do Sardinha Filho, que se não me engano chamava-se Carlos. A indústria entrava em decadência, as principais marcas de canetas-tinteiros fabricavam as próprias tintas para abastecer a linha de seus produtos, havia a tinta Parker e a Pelikan, que passaram a ser donas do mercado.

Seria o caso de o pai incrementar a produção artesanal e doméstica, mas ele não se dava bem na arte de mercadejar, nas poucas vezes em que tentou quebrara a cara.

O cunhado e compadre Joaquim Pinto Montenegro, subchefe de seção na Divisão de Dormentes da Central do Brasil, tinha jeito para a coisa. Embora ganhando menos que o pai, conseguira comprar algumas casas pelo estado do Rio, casas cujos aluguéis reforçavam-lhe o orçamento.

Tio Joaquim chegou para almoçar num domingo e o surpreendeu no quintal fazendo tinta. Era homem silencioso, perto do pai todos eram de poucas palavras e de muita observação. Sugeriu uma sociedade, ele tinha, em sua casa de Rodeio, um alpendre espaçoso que poderia ser o embrião de uma fábrica.

Estava disposto até mesmo a entrar com algum capital, para firmar uma produção que ultrapassasse o estágio caseiro das tintas fabricadas.

O pai custava a dizer não, ficou de pensar no assunto, mas a partir daí desistiu da tinta, começou a relaxar. Uma ventania levou as folhas de zinco, ele não reparou os estragos, voltou a procurar no comércio as tintas Sardinha que cada vez ficavam mais difíceis de encontrar.

Foi a forma oblíqua de responder a tio Joaquim. Não se falou mais em tinta nem em sociedade. No fundo, o pai nunca ligou para a arte ou a necessidade de ganhar dinheiro. Viver era mais importante para ele. E ele descobrira que as coisas boas (ou que ele considerava boas) podiam ser conseguidas com pouco ou com nenhum dinheiro.

Mesmo assim, teve problemas ao longo da vida. O mais dramático foi em 1930, por ocasião da revolução que levou Getúlio Vargas ao poder. O pai tinha situação estável e até mesmo confortável: era professor concursado da Prefeitura do Distrito Federal, mas nunca dera aulas. Recebeu designação para trabalhar na Secretaria das Finanças, mas por pouco tempo.

Com a chegada de Pedro Ernesto à interventoria (no Rio, o interventor seria na verdade o prefeito), foi criada a Sala de Imprensa da Prefeitura e o pai logo uniu o útil ao agradável. Como todos os demais jornalistas credenciados, era também funcionário da Prefeitura, só que, no caso dele, o cargo público fora anterior ao credenciamento.

Até as vésperas da sua morte, sempre que se referia ao passado funcional, ele fazia questão de dizer que era concursado — e de fato o fora. Meu irmão, ao mexer em seus papéis para o inventário, encontrou o recibo das provas a que se submetera em 1924.

Com a chegada de Vargas ao Catete, houve a caça aos carcomidos que haviam apoiado o governo deposto de Washington Luís. O pai trabalhava em *O Paiz*, jornal de prestígio na época, que tivera Ruy Barbosa como redator-chefe. Na virada dos anos 1920 e 1930, com Ruy Barbosa morto, o redator-chefe era Gilberto Amado, então muito moço e causando furor nos meios intelectuais. Acabou se envolvendo numa tragédia, sendo obrigado a matar Aníbal Teófilo, colega que o invejava. O incidente traumatizou-o: absolvido em júri popular, Gilberto não aderiu aos revolucionários de 1930, exilou-se, mais tarde se escondeu na carreira diplomática, terminaria como embaixador desses organismos internacionais sediados em Paris, em Genebra, em Nova York.

Mais modesto e obscuro, o pai começara em *O Paiz* como repórter de campo (hoje seria da geral), depois chegou a redator. Seu texto era limpo, correto, os exageros que cometia eram comuns na época e faziam parte do ofício, quanto mais empolado mais apreciado era.

Foram os jornalistas que lançaram certas palavras que figuravam nos dicionários mas não alcançavam o homem comum, como *necrópole* e *nosocômio* para designar, respectivamente, "cemitério" e "hospital".

Sua promoção de repórter a redator se dera em condições estranhas mas que combinavam com o seu estilo de vida e de ser. Pelas quaresmas daqueles anos, os jornais destacavam um jornalista para cobrir as conferências na catedral metropolitana, onde se revezavam os melhores oradores sacros do tempo. O costume, como outros da mesma época, era importado de Paris, onde os escribas da praça disputavam a honra de cobrir as palestras que se realizavam na Notre-Dame.

Marcel Proust faz referências a essas práticas quaresmais: era moda, desde os tempos de Lacordaire, ouvir os oradores que ocupavam o púlpito que fora profanado durante a Revolução.

No Rio, fazia sucesso o padre Júlio Maria, antes dele, o grande Mont'Alverne. "É tarde, é muito tarde! Não poderei terminar o quadro que acabei de bosquejar impelido por uma força..." — esse trecho que figurava obrigatoriamente em todas as antologias escolares era a peroração de uma dessas palestras de Mont'Alverne na então capela imperial, mais tarde catedral. O pai sabia o trecho de cor, gostava de recitá-lo quando tinha visitas. Se o visitante era ignorante ou distraído, ele exagerava tanto que deixava a entender que ouvira o próprio Mont'Alverne pronunciar o sermão.

Uma tarde de sábado, ele deveria estar na catedral para ouvir a palestra do padre Júlio Maria. Mas tinha namorada em Três Rios, e lá ele preferia passar o domingo, se possível, o sábado também. Essa namorada viria a ser minha mãe.

Naquela tarde, já tendo ouvido vários e edificantes sermões anteriores do Júlio Maria, o pai combinou com o chefe da oficina do jornal em deixar o texto já pronto.

Embarcou para Três Rios, o chefe da oficina era uma toupeira, publicou no domingo a palestra do Júlio Maria na página 8, que era dedicada à cidade. Na primeira página da mesma edição do mesmo jornal, com destaque, tarja preta assinalando a matéria, vinha a notícia de que "o festejado orador sacro, padre Júlio Maria", falecera minutos antes de assumir o púlpito da catedral metropolitana para a habitual palestra da quaresma.

Pelo natural das coisas e do ofício, isso representaria demissão por justa causa. Mas o dono de *O Paiz*, o lendário João Lage, português que tinha a fama de estúpido e boçal entre os jornalistas, leu a matéria, apreciou-lhe a esperteza e o estilo. A palestra que não fora feita pelo padre no púlpito, o pai a fizera nas colunas do jornal. O tema do sermão era previamente sabido, como acontece com as prédicas anuais que têm como tema o Evangelho do dia. No caso, era a passagem em que Cristo pergunta: "De que vale ao homem ganhar o universo inteiro se vier a perder sua alma?"

Era um modo de ver as coisas que, mesmo agora, tantos anos passados, podia ser aplicado ao pai. Ele não ganhou o universo inteiro, nem chegou a ganhar nada, mas não perdeu sua alma, sua alegria de viver, seu apetite pela festa da vida.

Ao voltar de Três Rios, comprou na estação da Central o jornal da véspera. Leu as duas matérias, a do ataque cardíaco do padre e, na página 8, o sermão que o mesmo padre fizera. Por mais otimista que fosse — e seu otimismo era furioso, avassalador —, ele suspeitou que estava demitido.

Pensou em adoecer para não ir à redação naquele dia. Acabou indo, bem mais tarde. Para ser despedido não precisava cumprir horário. A cara dos porteiros e dos contínuos não deixava dúvida: estava na rua.

O secretário da redação recebeu-o como um réprobo, um excluído. Avisou-o que o dr. João Lage (o dono do jornal, por mais analfabeto que fosse, era invariavelmente doutor naquele tempo) queria falar com ele.

Saiu da conversa com um vale de quinhentos mil-réis e a promoção para redator. Pelo menos era assim que ele contava a história. Com o tempo, o vale de quinhentos mil-réis chegou a um conto de réis. Tanto um como o outro não deviam ter existido. A promoção, contudo, foi real. Na semana seguinte, nota da redação informava aos leitores de *O Paiz* que o redator Cony Filho ficaria responsável pelo obituário.

Capítulo 9

Visto a distância, o episódio pode ser questionado sobre as qualidades morais e profissionais, tanto as do dono do jornal como as do repórter. Apesar disso, tal era o jornal e tal o clima que o pai se dava bem. Que não durou muito, por sinal.

Anos depois, com a vitória da Revolução de 1930, enquanto Vargas não chegava ao Rio para receber o espólio do movimento militar, o povo do Rio de Janeiro ficou assanhadíssimo. Comprou na Casa Mathias e na A Colegial as fardas de brim cáqui que os escolares usavam e que, em miniatura e intenção, eram a réplica das fardas militares daquele tempo. Colocou um lenço vermelho no pescoço e, já que não chegara a haver uma batalha que desse glória a todos, fez o que estava à mão: quebrou vidraças, botou fogo em algumas repartições do governo, empastelou *A Crítica,* de Mário Rodrigues, e incendiou *O Paiz.*

A redação, na esquina da avenida Rio Branco com a rua Sete de Setembro, era encimada por uma cúpula de aço importado da Bélgica. Com o incêndio, a cúpula caiu, deixando enorme rombo no teto. Piada da época: "Enfim, um país a céu aberto!" O pai ficou sem emprego e, durante algum tempo, na clandestinidade.

Foram tempos difíceis. A primeira providência tomada por ele coincidia com a que todos os decaídos tomavam: foi morar em Niterói, onde os aluguéis das casas e a vida, em geral, tinham fama de serem baratos. Havia gente que morava em Bangu e ia cortar o cabelo em Niterói. Apesar do gasto com as passagens, às vezes saía mais barato mesmo.

Quando as coisas começaram a se normalizar, ele voltou às suas funções na Prefeitura, e apesar das ameaças de uma degola geral, respeitaram sua condição de concursado.

Passando a viver apenas com um salário, quando se habituara a dois, seu padrão de vida teria de mudar. Em Niterói, não chegamos a sentir grande alteração, mesmo porque o pai achava que logo arranjaria outro emprego.

Tentar a imprensa seria impossível, ele trazia o estigma de ter pertencido a um jornal que defendera o governo deposto. Depois de algumas tentativas, fixou-se numa ideia: a lei facultava aos professores acumular dois empregos, na própria rede oficial. E ele, para todos os efeitos, era professor concursado.

Muitos outros funcionários na mesma situação conseguiram o privilégio, mas, por algum motivo que nem mesmo ele compreendeu, o benefício foi-lhe negado. A princípio, se conformou. Embora nossa vida em Niterói fosse razoável, pois morávamos em boa casa, a dois passos da praia de Icaraí, aos poucos ele começou a se sentir deprimido, querendo fazer mais.

Tentou algumas portas, deve ter recebido alguns foras. Mas passado o susto, quietada a poeira, ele se fixou num projeto: o rádio. Não exatamente trabalhar em rádio, que não tinha vocação para o ramo, mas vender rádios.

Era o início de uma era: os anos 1930! Ter um rádio em casa significava diversão, cultura, informação e status. Decidiu voltar ao Rio, alugou uma casa no Lins e Vasconcelos com enorme terreno em volta, quase um sítio em termos urbanos. Na parte dos fundos, quase uma pequena floresta, as copas das árvores fechavam a visão do céu. Até um riacho havia, cortando o terreno em toda a largura. Não muito longe dali funcionava o Maduro, uma fonte de água mineral que estava sendo industrializada como água de mesa por um tal Campos, que se tornaria amigo do pai.

Pernambucano bem de vida, esse Campos era devoto da Virgem de Nazaré e registrou suas águas — que a propaganda garantia serem maravilhosas — como Águas Nazareth: o rótulo das garrafas era azul-escuro com uma estrela em cima, a estrela de Nazaré. Não faz muito, essa água em copinhos plásticos ainda era vendida nas praias do Rio.

As sobras da fonte formavam o riacho que passava pelos fundos dos diversos terrenos da rua, inclusive o nosso. O pai ficou fascinado por ter um rio em seus domínios. E antes mesmo de deixarmos Niterói para tomarmos posse da nova casa, ele já começara a construir uma barragem a fim de obter um pequenino lago. Nele, chegou a pensar em criar peixes.

Só não pensou na mudança em si. Contratou em Niterói uma empresa em processo de falência. Enquanto outras firmas do ramo usavam caminhões, ela ainda operava com carroções puxados por burros tão falidos e velhos como a própria empresa: na hora do embarque, um deles teve a pata esmagada pela barca.

O mar estava agitado, a barca balançava. Quando um dos burros se acidentou, o outro ficou apavorado, os dois preferiram ir diretamente para dentro da água a ficarem expostos ao esmagamento total. Atrás deles foi a carroça. E com a carroça a nossa mudança. Demos, literalmente, com os burros n'água.

O pai não estava presente no momento da catástrofe. Foi, pelo que me lembro, o único lance importante da crônica familiar do qual ele não participou com suas ideias, seus truques, suas técnicas.

Fomos dormir na casa do tio-avô Augusto, no Grajaú. E lá ficamos uns dias, até as coisas se arrumarem. Não pude acompanhar a fase de agitação a que o pai se entregou para recuperar suas coisas, a receber indenizações, a repor tudo nos lugares.

Se pelo natural das coisas ele costumava ser agitado, seria fácil imaginá-lo naquele transe, com a casa toda no fundo da baía.

Mesmo assim, mais cedo do que esperava, duas semanas depois, quando fomos finalmente para a nova casa, tudo parecia estar no lugar. Alguns móveis ainda estavam úmidos, cheirando a água salgada. Outros ficaram empenados até serem substituídos bem mais tarde. A afobação dele, naqueles terríveis dias, foi total, pois já começara ao mesmo tempo a tentar vender rádios e a terminar a barragem para represar as Águas Nazareth.

Foi minha tia-avó Doneta que nos levou para a nova casa. E meu espanto não foi ver os móveis manchados pelas águas do mar, nem o cheiro de maresia que deles emanava — no fundo, sempre gostei do cheiro de maresia, nasci sentindo esses cheiros, cheiros de conchas e florestas menstruadas.

Não tínhamos rádio até então. Agora a casa estava cheia de rádios, cujo cheiro, cheiro de válvulas aquecidas, misturava-se ao cheiro dos móveis encharcados. Havia rádios em todos os lugares, em cima de todos os móveis, rádios dos mais estranhos feitios e cores. Apesar de tantos e tão variados rádios, nenhum deles era nosso.

Alguma coisa não funcionou no esquema. O pai não dava para o comércio, não tinha bossa para vender nada, era péssimo negociante. Além do mais, embora fossem poucas as lojas dedicadas ao ramo, a firma sueca que fizera o acordo com ele não promovia seus produtos, quando se falava em rádio todos pensavam nas marcas mais divulgadas, o Philips, o Philco, o RCA Victor. Na opinião do pai, os rádios Baltic eram ótimos, os melhores da praça, mas só ele parecia acreditar nisso. E por mais que acreditasse, não conseguia transmitir a crença aos outros.

Um dia, parou um caminhão em nossa porta e levou os rádios todos. O pai conseguira vender alguns, a comissão seria paga com dois rádios Baltic, meu pai ia topando, achando um grande negócio, mas minha mãe deu o contra.

Depois de muita confusão ele conseguiu ganhar em dinheiro as comissões das vendas que realizara e apareceu em casa com o nosso (enfim) primeiro rádio, marca Pilot, que conosco ficou muitos anos, até que foi substituído por uma rádio-vitrola. Tanto o Pilot como o velho gramofone, com sua obscena tuba metálica, foram trocados com Joaquim Pinto Montenegro, que encheu a nossa casa com uma porção de lustres e abajures, de uma fábrica na qual tinha uma pequena sociedade. Os lustres eram banais, modernosos, mas de um abajur que ficou na sala tenho lembrança até hoje.

Era de madeira torneada, a cúpula azul, um azul muito fundo sobre o qual o pai, apropriando-se das agulhas de minha mãe, colocou frisos de linha prateada, formando aquilo que ele chamava de "arabescos" mas que na realidade eram ondulações que lembravam as calçadas de Copacabana.

A casa ganhou um clima, um ar até luxuoso, apesar do cheiro de maresia que custava a ir embora. Era bom quando, aos domingos, o pai acendia o abajur da sala e tudo ficava azulado. Na rádio-vitrola colocava os velhos discos, massudos, trechos de óperas, Caruso cantando "E lucevan le stelle", Claudia Mussio em trechos de *La Traviata,* Mistinguett se esganiçando em "Je cherche un milionaire", Josephine Baker cantando "J'ai deux amours", os sucessos de Maurice Chevalier. O primo Nelson, no último ano de medicina, botava o chapéu de palha para a frente, deixando-o cair até o nariz, fazia o beiço ficar descomunal para equilibrar o cigarro e imitava o mais famoso cantor daquele tempo: "*Paris! c'est une blonde!/ Paris! reine du monde!*" Coroando a coleção, e muitas vezes coroando as audições dominicais do pai, ouvíamos um disco que depois de sua morte fui encontrar em seus guardados: o *Hino Nacional Brasileiro,* com a Banda dos Fuzileiros Navais, gravação da Casa Édison, Rio de Janeiro!

Capítulo 10

Fracassado na venda dos rádios, o pai adquirira conhecimentos nas lojas concorrentes que não o quiseram como vendedor mas que lhe reconheciam as habilidades, as técnicas na instalação de antenas. Meu irmão até hoje conserva um cartão profissional que mandou imprimir: nele, apresentava-se como perito em consertos e instalação de antenas.

Ganhou algum dinheiro no ofício, mas minha mãe o convenceu a mudar de ramo. Era perigoso subir nos telhados, pisar em telhas escorregadias, enfrentar muita chuva ou muito sol, mas o pai ia insistindo, enquanto não encontrasse outro projeto que o entusiasmasse, continuava a instalar antenas, a consertar rádios nas horas de folga da repartição e nos feriados.

Não sabia fazer nada sem entusiasmo, embora fosse o primeiro a reconhecer que aquilo não teria futuro para ele. No dia em que terminou a represa no meio do quintal, deu-lhe o estalo. Nada a ver com o pequeno lago em si, que só lhe renderia futuros aborrecimentos. Aliás, fazia parte de seus truques interiores partir de uma realidade estéril para um sonho grandioso. A realidade estéril era o lago, uma vez pronto nada tinha a fazer com ele. O sonho grandioso veio por causa do lago, embora não houvesse, entre a realidade e o sonho, nenhuma relação de causa e efeito.

O sonho era: criar galinhas!

Comprou livros sobre o assunto e, a partir de um casal de legornes que ganhou de um amigo de Cachambi, decidiu ser avicultor. Em pouco tempo a coisa cresceu. Fez galinheiros estanques para dividir as diversas espécies e raças, arranjou emprestada uma chocadeira que funcionava com água quente, era preciso trocar a água fervendo de hora em hora até que a ninhada nascesse, depois comprou a chocadeira elétrica que funcionava ininterruptamente, relacionou-se com outros vendedores de galinha, fez uma horta perto do lago, aproveitou a enorme mangueira ao lado da casa e nela instalou um balanço que quase ia matando meu irmão, enfim, prosperou.

Foi de sua boca que pela primeira vez ouvi uma palavra que depois entrou em moda: *autossustentável*. Ele se declarava autossustentável. Ele e sua família, quer dizer, nós. Foi, de resto, a única vez que usufruí de tal qualidade.

Além de vender galinhas e ovos para quitandas vizinhas, ele praticava o escambo — outra palavra que aprendi naquela época e que, não sei por quê, me envergonhava um pouco. O açougueiro era pago com ovos e galinhas, e o tintureiro, o leiteiro. A horta produzia de tudo, muita alface, couve, rabanetes, cenoura, cebola, abóbora.

O pai passava os sábados e domingos com uns ajudantes que recrutava por aí, tínhamos fartura e distração. Meu irmão entrara para o internato do Pedro II e eu o ajudava. Logo tivemos dois caseiros, Eurico Novais e Manuel Firme, sendo que este era apenas um pouco mais velho do que eu e foi meu irmão de criação, ficando conosco até que começamos a debandar com os casamentos.

Eurico era um negro sólido, muito burro mas delicado e sentimental, foi ele que pela primeira vez me levou a um jogo de futebol no estadiozinho do América, na rua Campos Sales, ver Vasco x América. Outra vez, acompanhei-o ao campo do Andaraí, onde Eurico jogava na ponta-esquerda de um time com camisa azul e amarela. Ficava esquisito naquele uniforme e era péssimo de bola. Na torcida, uns caras mal-encarados cismavam toda vez que ele entrava numa jogada, gritavam com ódio: "Perna de pau! Perna de pau!"

Eu me sentia ofendido. Apesar de minha solidariedade, Eurico parecia predestinado a merecer cóleras, o pai não o chamava de perna de pau mas de cabeça de pau. Era prestativo, educado, de extraordinária boa vontade para serviços pesados. Contudo, sempre dava um jeito de cometer uma cagada e, de cagada em cagada, o pai preferiu ficar livre dele, mas não o abandonou: arranjou-lhe um lugar na Prefeitura, contínuo do Tribunal de Contas.

A última vez que o vi foi há tempos, numa foto do enterro do presidente do mesmo Tribunal, o ministro Gama Filho: lá estava Eurico, no cemitério, chorando junto ao túmulo, o jornal destacava o reconhecimento geral pela bondade do falecido — que era mesmo boa pessoa, chegando ao exagero de ser padrinho do meu primeiro casamento.

A Era das Galinhas! A expressão pejorativa pertencia à minha mãe: ela se casara com um professor e jornalista, um rapaz que fazia versos e gostava de discursar em qualquer ocasião que desse sopa. Da noite para o dia, depois de ter toda a sua casa no fundo da baía de Guanabara, descobria que estava casada com um criador de galinhas.

Até hoje, considero que o pai vivia satisfeito naquele tempo. Sempre vivera satisfeito, era do tipo que recebia um bom-dia como uma homenagem, de tudo em que se metia dava um jeito de extrair prazer pessoal, era o sujeito que todo dia, ao dormir, pensava consigo mesmo: "Amanhã farei grandes coisas!"

Ele exercia suas habilidades com alegria, desde a feitura de um galinheiro "funcional" (foi também a primeira vez que ouvi tal expressão e sempre que a ouço, aplicada a um projeto, a um móvel, a um carro, penso nos galinheiros do pai) até a instalação de uma sofisticada geringonça, que ele passou noites e noites construindo: uma galinha elétrica!

Os pintos nasciam na chocadeira também elétrica. E como era a única de que o pai dispunha, ele precisava dar lugar para outros ovos em condições de choco. Os pintinhos saíam do calor que os fizera nascer e não tinham o corpo da mãe para aquecê-los.

Fabricou um engenho complicado, ou, como preferia dizer, um "troféu" complicado. Constava de uma cobertura como a de um circo, na verdade era um pequeno circo de latão, onde havia duas lâmpadas, uma vermelha, outra verde, de pequena amperagem.

A cúpula de latão era arrematada, nas bordas, por franjas de flanela, estreitas e cerradas, que facilitavam o acesso dos pintinhos recém-nascidos para o interior aquecido da mãe elétrica.

Evidente que o pai vira um modelo, ou dele tomara conhecimento, nos livros que comprara. Mas como a galinha elétrica fez sucesso entre criadores vizinhos, ele se intitulou pai da ideia, ameaçou registrá-la no serviço competente. E só não o fez porque o amigo Giordano, capitão de Caporetto, garantiu que já vira coisa igual e melhor na Itália, onde a geringonça era conhecida como *pollo putano.*

O pai esfriou. Era demais ser o pai de um *pollo putano,* aqui ou na Itália. Mas continuou a fabricar outros, que vendia ou trocava por boas poedeiras. E tanto prosperou que iniciou uma criação de coelhos, que não chegou a prosperar.

Minha mãe não via com olhos favoráveis aquilo tudo, embora apreciasse o empenho do pai em nos dar tudo o que pudesse de melhor. Só reclamou — e o fez com inesperada violência — quando o pai invadiu nossa sala segurando pelo rabo um pequenino jacaré para instalar no lago.

Capítulo 11

A secretária entrou na sala, comunicou-me que estranhava o meu silêncio, eu nada lhe pedira desde a hora do almoço. E mais estranhou quando viu, intocado, o embrulho em cima da mesa. Perguntou se não o abrira e respondi que não, conforme era evidente.

Ela ia insistindo, querendo saber por que não o abrira. Pela minha cara fechada, suspeitou que eu não apreciaria a sua curiosidade. Antes que me provocasse o mau humor, despediu-se:

— São seis horas, não vai precisar de mim?

Olhei o relógio para conferir. Sim, seis horas, o tempo passara e eu não desgrudara o olhar e a memória daquele pacote.

— Não, não, pode ir...

— Alguma coisa para amanhã?

Eu estava desorientado, a última imagem dentro de mim era o pai entrando com o filhote de jacaré pela nossa sala. Muito difícil associar essa imagem distante e extravagante com aquela moça e aquele amanhã. O que seria um *amanhã* agora? Tudo fora um amanhã e tudo já era ontem.

— Não, não, se houver qualquer coisa eu deixo um bilhete em sua mesa...

Ela ficara curiosa. Afinal, estava comigo quando o porteiro do Hotel Novo Mundo me entregou o embrulho, ouviu o diálogo, sabia que um portador do interior de São Paulo me havia trazido a encomenda. Sempre que isso acontecia (receber um pacote ou envelope), eu dava para ela abrir, verificar o que era e, nove casos em dez, ela mesma tomava as providências, arquivando, respondendo ou jogando no lixo. Dessa vez, alguma coisa não batia com a rotina e ela estava mais curiosa do que solidária:

— Vai ficar aqui a noite toda? Olha que amanhã tem aqueles caras da gráfica...

— Sei, sei, amanhã a gente vê isso, você dá uma desculpa e desmarca o encontro...

Pela impaciência da resposta ela percebe o meu desejo de ficar sozinho. Olha mais uma vez o pacote — que para ela nada significa. Talvez tenha desconfiado de que era uma intrusa entre mim e o embrulho.

— Bem... se é assim, tchau... Levo a chave da sala?

Passo a mão pelo bolso, não seria agradável ficar preso, naquele instante eu poderia pensar em tudo, menos em sair dali antes de esgotar o pacote. Mas seria ridículo querer ir embora e descobrir que estava preso em minha sala. Bastava o embrulho.

— Leva. Estou com a minha. Até amanhã.

— Fique com Deus.

Ela vai, encosta a porta do hall de entrada e sai. Agora estou mais só do que antes. Só com o meu embrulho. Como somente agora me sentisse sozinho, quase vou pegando o pacote para trazê-lo perto de mim. O gesto, mecânico, involuntário, de apanhar o embrulho, me traz de volta um gesto igual que o pai fizera há tempos.

Foi aí por volta de 1955, quando o pai teve a isquemia cerebral que o tirou de circulação por uns meses.

Ele já estava em fim de carreira. Apesar de redator, preferia continuar com a sua credencial no gabinete do prefeito, função geralmente ocupada por repórter de setor, posto inicial da profissão. O jornal, por essa época, começava o seu período de modernização, e as relações da imprensa com o poder, no corpo a corpo com o noticiário miúdo dos expedientes burocráticos, haviam se alterado.

Até então, um dos serviços prestados pela maioria dos jornais era a publicação, às vezes resumida, às vezes quase integral, do expediente das principais repartições públicas, Presidência da República, Ministérios, Senado, Câmaras Federal e Municipal, Prefeitura. Havia jornal que tinha como estrutura editorial o noticiário desses expedientes. Era o capitão de mar e guerra esperando o decreto de reforma, a professora municipal querendo saber se fora transferida, o escriturário letra M que todos os dias comprava o jornal para ver se fora promovido à letra N.

O *Diário de Notícias* se fundara e se fundamentava nesse esquema, tinha circulação garantida. Outros jornais também publicavam esse tipo de noticiário, era um jeito de prender leitores na classe de funcionários, empreiteiros de obras oficiais, setores da indústria e do comércio que pleiteavam alguma coisa do Estado e precisavam saber se haviam sido atendidos. Profissionalmente, os credenciados eram a base da pirâmide, os párias. Mas tornavam-se indispensáveis às redações e ao grupo que detinha o poder do jornal.

Inicialmente, foram criadas as Salas de Imprensa. Elas abrigavam fotógrafos e repórteres de jornais, revistas e rádios. Mais tarde, já no começo da modernização das redações, descobriram que o sistema favorecia o apadrinhamento, a cumplicidade, o representante do jornal na repartição muitas vezes se tornava representante dos interesses da repartição junto ao jornal. As Salas de Imprensa se transformaram em Comitês de Imprensa — o que era a mesmíssima coisa com nome diferente.

Para evitar a cumplicidade, o apadrinhamento — quando não existiam de fato eram continuamente prováveis —, foi implantada a rotatividade de credenciados, no pressuposto de que a mudança periódica ou mesmo diária dos jornalistas impediria o sistema de ficar viciado.

Naquele tempo, fosse na Presidência da República, no Ministério da Guerra, na Prefeitura ou no Itamaraty, os credenciados adquiriam status especial não apenas dentro das redações mas nas repartições onde atuavam. A maioria tinha acesso aos titulares dos cargos. Os presidentes, os ministros e os prefeitos mudavam, os jornalistas ficavam.

O pai era da Sala de Imprensa da Prefeitura desde os tempos de Pedro Ernesto. O próprio Pedro Ernesto, depois que fora preso como suspeito de manter relações com o Partido Comunista, foi padrinho de batismo do meu irmão mais moço.

E foi ele, em seu consultório médico na rua São José, onde exercia a profissão sob a escolta de dois policiais, que diagnosticou um problema no freio da minha língua e a operou. Sempre que me via, ele me chamava de "Reverendo". Foi excelente médico, é considerado o maior prefeito de todos os tempos da cidade do Rio de Janeiro, mas era mau profeta: dizia a meu pai que eu ainda seria cardeal.

Pedro Ernesto, cônego Olympio de Mello, Henrique Dodsworth, Hildebrando de Góes, Mendes de Moraes, João Carlos Vital, Alim Pedro, Negrão de Lima — todos esses prefeitos foram amigos do pai, alguns mais, outros menos.

Nas relações de trabalho, o credenciado ganhava intimidade com os titulares do poder, era recebido a qualquer hora, os mais antigos, mais tradicionais no setor, abriam a porta do gabinete durante despachos ou audiências. Conforme a circunstância e a agenda do prefeito, recebiam delegações, como a de ouvir reclamações, pedidos disso ou daquilo, tarefas mais tarde concentradas em assessores e assistentes especialmente nomeados para essas funções.

Hildebrando de Góes por diversas vezes pedia a meu pai que o representasse em festas ou solenidades para as quais era convidado. Lembro a inauguração de um campo de futebol em Vila Valqueire. Era muito longe e havia compromissos mais importantes na agenda do prefeito.

Um carro oficial, com chapa de bronze, veio apanhar o pai em casa — para deslumbramento dos vizinhos e desconfiança de minha mãe, que achava estranha a escapulida do marido num domingo. Em Vila Valqueire, competiria ao prefeito (ou a seu representante) cortar uma fita verde-amarela e dar o pontapé inicial na partida que reunia dois times da terceira divisão.

Era pouco para ele. Com o pé direito em cima da bola, no centro do campo, rodeado pelos cartolas suburbanos e pelos jogadores, fez um discurso enorme, citando logo no exórdio o *mens sana in corpore sano,* que ele, na afobação do momento, atribuiu a Santo Agostinho, mas ninguém reparou nem reclamou.

Com raras exceções esses fiapos de prestígio bastavam ao jornalista. Os favores que solicitava eram irrelevantes, o telegrama de pêsames ao amigo que perdera o filho, a transferência da professora de Marechal Hermes para Todos os Santos, o regime mais rápido na concessão de um período de férias, coisas assim. A picaretagem era pouca, em número e substância. O próprio relacionamento da autoridade com o jornalista, que geralmente se transformava em amizade para o resto da vida, impedia as tentativas de assalto.

Havia casos isolados que acabavam chamando a atenção ou da própria esfera do poder ou da cúpula dos jornais. Houve quem vendesse pistolões, cobrando os serviços de acordo com uma tabela que ficou pendurada durante anos na Sala de Imprensa da Prefeitura, como advertência aos novos credenciados que achavam ter chegado ao poder quando eram apenas servos do poder.

Pela tal tabela, encontrada no escaninho de um repórter de estação de rádio, transferência de professora custava tanto, abono de faltas tanto, licença para tratamento de saúde sem necessidade de exame na biometria, mais tanto. O repórter foi desmascarado, perdeu a credencial na Sala e perdeu o emprego na emissora. Virou corretor de anúncio, depois publicitário, subiu na vida, abriu a própria agência, foi eleito deputado federal. Uma exceção, em todos os sentidos.

Quem mais se beneficiava desse tipo de relacionamento entre autoridade e imprensa, para solicitar empenhos junto aos bancos oficiais, às repartições de água, à fiscalização dos impostos, eram as próprias empresas, que então — como agora — viviam regularmente em situação irregular, penduradas de um ou outro modo naquilo que os próprios jornais, a respeito dos outros, chamavam de "tetas do poder".

Em abril de 1955, no dia 9 de abril, Sexta-feira Santa, meu irmão telefonou-me aí pela meia-noite. O tom da voz dele estava estranho. Depois de um rodeio inútil, disse o que interessava: o pai tivera uma isquemia cerebral, tão pequena que mais seria um espasmo, coisa que não traria sequelas.

Reclamei não ter sido avisado antes, que diabo, mas meu irmão me acalmou: não fora preciso. Saíra com ele, pela manhã, para dar uma volta no carro que acabara de comprar, notou que o pai tivera dificuldade em entrar no banco traseiro, colocou-o na frente, a seu lado, mesmo assim percebera o esforço com que ele, geralmente rápido, elástico, conseguiu entrar e sentar-se. A perna direita ficara para o lado de fora do veículo, foi preciso que o ajudasse.

Preocupado, meu irmão perguntou-lhe se tudo estava bem. Ele respondeu que sim, apenas sentira câimbras na perna durante a noite, ficara com os movimentos dificultados, mas ia passar. Já estava melhor.

Só então meu irmão verificou que, além da dificuldade nos movimentos, ele estava com dificuldade na fala. E pior do que o embaraço no falar: reparou que ele quase não falava, o que nele era sintoma mais grave. Não emitira nenhum comentário sobre o carro novo, tampouco sobre o passeio. Pior do que a perna esquecida fora do carro e as palavras mastigadas, era o seu silêncio.

Conhecendo o histórico do pai, meu irmão alterou o itinerário do passeio. Em vez de pegar o caminho das praias, rumou para a Tijuca, para o velho Hospital Evangélico, no qual trabalhava desde que se formara. Além do mais, ali também trabalhava nosso primo Nelson, o médico que naquele tempo mais atuava no centro cirúrgico.

Chamados dois neurologistas, um cardiologista, um clínico geral — o pai estava com diagnóstico preciso, fora de qualquer perigo. A recomendação era o repouso absoluto, talvez um pouco de fisioterapia se a perna continuasse a falhar.

Voei pela estrada — eu estava passando os feriados da Semana Santa na casa de praia do meu sogro de então. Encontrei o pai dormindo, calmo, eu conhecia o seu sono, o seu modo de dormir e até de sonhar. Sabia que aquela serenidade não era dele: mesmo dormindo, dava a impressão de que realizava grandes coisas.

Depois de ver o pai, fui conversar com meu irmão. O susto passara, agora era saber o que devíamos fazer. Como filho mais velho, e médico, ele teria prioridade para expor o que imaginava ser o melhor para a situação.

A parte clínica ficaria com ele. Morava perto do pai, estava por dentro das coisas. Da parte profissional eu me encarregaria. Deveria procurar o jornal, explicar o problema e tratar das pequeninas coisas da casa, pagamentos, compromissos, minha mãe passaria a vida inteira sem assinar um cheque. Combinamos "as linhas gerais da operação" — essa seria a expressão do pai se tivesse participado da conversa.

No dia seguinte, fui ao jornal comunicar o fato ao Martins Alonso, redator-chefe, delegado da Polícia Federal, ex-seminarista, amigo do pai e meu.

Foi acertado que, durasse o que durasse o seu impedimento, ele receberia os seus salários. Em compensação, eu lhe daria cobertura, ficando em seu lugar na Sala de Imprensa da Prefeitura, até que a recuperação dele fosse total e ele pudesse reassumir a função.

Eu já fora redator da rádio do *Jornal do Brasil* e nele colaborava regularmente com matérias sobre balé, cinema, o que pintasse. Creio que o Martins Alonso levou o caso à direção do jornal, que aprovou a solução.

Passado o domingo de Páscoa, fui ao Palácio Guanabara para o primeiro dia de trabalho. O pai me havia dado a chave do pequeno armário verde onde os jornalistas, que ali não tinham mesas individuais, guardavam coisas pessoais. Do lado de fora de cada porta havia a identificação numa placa de ferro, com o nome do jornal e do profissional credenciado.

Abri a portinhola. Era a primeira vez que penetrava fisicamente nos mistérios do pai, embora ele não mais tivesse segredo para mim, tanto o conhecia e tão fundo.

Havia uma suéter velha, que usava se acaso a temperatura baixasse e ele sentisse frio, alguns papéis, cartas, comprimidos de cafiaspirina, que ele considerava um santo remédio, cópias de expedientes que não foram publicados, uma lata de balas de cevada, marca Sönksen — acho que era o único sujeito no mundo que comprava essas balas, sempre tinha uma lata por perto, em casa, no jornal, quando viajava era a primeira coisa que metia na mala. Lá no fundo, bem no fundo, oculto por todos os papéis e coisas, havia um embrulho.

Só agora, já no final da tarde — tendo recebido o embrulho do Hotel Novo Mundo logo depois do almoço —, só agora reparo que parece o mesmo. Não fosse o meu nome ali como destinatário, a tinta recente, eu juraria que é o mesmo.

Não o abri. Limitei-me a dar um pouco de ordem àqueles papéis, deixando-o no mesmo lugar, no fundo de tudo. Mas percebi que devia ser coisa importante para ele, como as linguiças da Calábria que o capitão Giordano levara para a romaria.

Duas semanas depois do seu problema circulatório, quando começou a falar normalmente, o primeiro telefonema que me deu foi aflito. Perguntou se no armário da Sala havia um embrulho, se ainda estava lá. Disse que sim, que não mexera em nada. Nem iria mexer.

Ouvi o seu suspiro, senti o seu alívio. Quando voltou a sair sozinho e foi à Sala de Imprensa fazer a primeira visita após o período de recuperação, logo se dirigiu ao armário, cuja porta estava fechada. Teve vergonha de me pedir para abri-la. Notei seu embaraço e dei-lhe a chave. Ele fingiu que não precisava dela, enrolou uma desculpa, aparentemente esqueceu o armário, mas quando viu que eu ia ao jardim de inverno do Palácio Guanabara receber uma visita, pulou para o armário, abriu a portinhola, foi direto ao embrulho.

Ao se despedir dos colegas, não estava carregando nada, nenhum sinal do embrulho. Tampouco me comunicou que o havia retirado do armário — o que seria lógico, no dia seguinte ou depois poderia cobrá-lo e eu teria de dizer que ele próprio o apanhara. Onde o escondera? Por que agira tão estranhamente, ele que sempre gostava de fazer coisas claras, sobretudo quando sentia que eu estava ali para ajudá-lo, para a cumplicidade total, fosse ela qual fosse?

Ele estava, então, com 61, 62 anos no máximo. Viveu até os 91. Nunca mais me falou do embrulho.

Dez anos depois de sua morte, aqui está o embrulho. Talvez não seja o mesmo, impossível que seja o mesmo. Agora, tudo está ficando possível.

Tão possível que estou arrependido de ter ficado sozinho na sala. Começo a sentir frio em alguma parte do corpo, talvez na mão, no peito, na cabeça, não sei, acho que estou penetrando em território estranho. Durante a tarde, sabendo que a secretária estava do outro lado, eu não sentia esse frio. Agora sei que tudo está vazio, o prédio todo, tudo está fechado, e eu sozinho, sozinho diante de um embrulho impossível. O cenário parece pronto para um fantasma, como aquele do Hamlet, trazendo uma revelação em seus gestos de morto. Prefiro que haja uma diferença fundamental entre Elsinore, na Dinamarca, e a praia do Russel, no Rio de Janeiro.

Penso em ir embora, deixar o embrulho aqui, amanhã será outro dia e o ontem se juntará a outros ontens, durante o resto da noite tomarei uma decisão, se é que o caso é mesmo para tomar qualquer decisão.

Alguma coisa me prende nesta sala, nesta cadeira, os olhos fixos no embrulho. Até que estava me divertindo ao lembrar cenas antigas, pessoas antigas. Tudo é antigo, só o pai continua recente — e como!

Antes de pensar no embrulho que ele deixara no armário da Sala de Imprensa, estava lembrando aquela noite dos anos mais antigos do passado, a chegada dele em casa, trazendo o filhote de jacaré.

Minha mãe, que vivera infância e parte da mocidade no interior, depois do susto, declarou que aquilo não era filhote de jacaré, apenas um lagarto — o que desmoralizava o pai mais uma vez. Ninguém é grande em sua casa.

Eu acreditei no jacaré. Preferia que fosse jacaré e não lagarto, do qual tenho mais nojo do que medo. Do jacaré só teria medo.

Lagarto ou jacaré, o pai o levou, apesar de já ser noite fechada, para a represa. Teve a infeliz ideia de soltá-lo. Nunca mais fui para aqueles lados até que minha mãe reclamou, o lagarto-jacaré estava crescendo, aparecia pelo quintal, já chegara até a porta da cozinha, qualquer dia estaria na sala de visita, nos quartos.

O pai resolveu prendê-lo. Comprou uma comprida corrente, das mais finas, dessas de amarrar cachorro pequeno. Colocou uma argola onde julgava ser o pescoço do lagarto-jacaré. Apesar de suas técnicas, descuidou-se, o bicho deu uma volta no ar e o pai deu um grito. O polegar recebeu a dentada, por pouco perdia o dedo. Sangrou muito.

Foi fazer curativo na farmácia, voltou de lá com a decisão de acabar com o lagarto-jacaré na raça. A primeira ideia foi o tiro. Ele possuía uma pistola que nunca servira para nada. Lembro que, num dia em que decidiu não ir trabalhar e ficar em casa fazendo pequenas arrumações — arrumações que nunca acabavam nem arrumavam verdadeiramente nada

—, sem ter mais o que fazer, lembrou-se da pistola e foi praticar tiro ao alvo lá nos fundos.

Levou um pedaço de folha de zinco, que sobrara da casa que havia feito para nosso cachorro, ficou dando tiros. Se ouvisse o ruído que esperava, a bala batendo no zinco, ficaria sabendo que acertara o alvo — um alvo exagerado para distância tão pequena. Não ouviu uma única vez a bala bater ou penetrar no zinco.

Pois muniu-se da pistola, colocou um pente de balas novo, e foi para o lago disposto a acabar com a fera que quase lhe decepara o dedo. Deu muitos tiros, nenhum conseguiu pegar o lagarto-jacaré. O barulho chamou a atenção dos vizinhos, um deles veio ver o que estava havendo, quando soube, afiançou que tinha prática em matar lagartos, o jacaré podia até mesmo ser jacaré (nunca se chegou a um consenso a esse respeito), mas no estágio em que se encontrava, lagarto ou jacaré dava na mesma. Pediu uma enxada.

Esperou algum tempo, até que a fera apareceu numa das margens do lago. O golpe da enxada foi violento, certeiro, o bicho estrebuchou, a cabeça despregada do corpo.

A façanha terminara inglória para o pai. Desmoralizado como criador e matador de feras, decidiu tornar-se comedor de feras. Com Eurico, tirou a pele do animal, que foi colocada para secar ao sol, pregada na porta de madeira do alpendre que servia de depósito de ferramentas e rações das galinhas. A carne do bicho, muito branca, parecida com a de peixe, foi temperada e cozida, resultou num ensopado esquisito que até cheirava bem, devido ao excesso dos temperos.

Ninguém quis provar a especialidade. Mais uma vez, o pai deu-nos o exemplo. Preparou o estômago, forrando-o com uma dose de gengibre — uma das bebidas que ele considerava de homem e para a qual, embora sem abusar, volta e meia apelava quando precisava tomar ou absorver grandes decisões.

Apesar da precaução, e do cheiro razoável que saía do ensopado, alguma coisa se revoltou no imponderável mundo de suas entranhas. Cuspiu o pedaço que havia colocado na boca e declarou que ia vomitar.

Nunca o vi suar frio. Pois suou frio, embora não chegasse a vomitar. Quando a crise passou, garantiu para nós que não era homem de vomitar — o que minha mãe desmentiu com um pigarro que anunciava contestação. E nos contou a extraordinária aventura da chegada do Gago Coutinho e Sacadura Cabral.

Dois portugueses tinham atravessado o Atlântico, saindo de Lisboa, fazendo escalas por aí e chegando ao Rio cobertos de glória. Embora viajassem de avião, chegaram à Guanabara por via marítima. O jornal em que o pai trabalhava promoveu a recepção aos heróis dos Dois Mundos, fretou um navio da marinha, encheu-o de bandeirinhas e convidados, entre os quais o pai e minha mãe, ainda sem filhos.

O entusiasmo dele por essas efemérides o acompanhou por toda a vida. Mesmo sem estar presente, sem mesmo ainda ter nascido, eu podia apalpar a sua afobação, a sua ansiedade pelo acontecimento. Mal o navio saiu da praça Mauá, ele entrou fero nos salgadinhos — o jornal havia encomendado bufê da Colombo, confeitaria que tinha no pai um dos admiradores, sobretudo das suas coxinhas de galinha e dos croquetes de camarão.

Não chegou a beber muito, embora bebesse sempre, dizia que para "manter o tono" — que deveria significar manter o tom, o equilíbrio entre o corpo e a alma.

Foi tudo bem, enquanto o navio singrava as águas da baía. Quando passou a barra, na altura do forte de São João, a coisa começou a balançar, e tanto balançou que o pai foi perdendo a graça e ficando amarelo, depois branco, finalmente sem cor alguma. Sempre que contava a façanha, minha mãe acrescentava: "sem uma gota de sangue!" — e com isso descrevia perfeitamente o estado em que o marido se encontrava.

Por sorte, havia amuradas por todos os cantos, em todos os conveses. Num deles, o pai começou a devolver as coxinhas de galinha e os croquetes de camarão da Colombo. E com tal violência que o comandante teve de mandar baixar um escaler que o levasse de volta à praça Mauá. Não queria óbitos a bordo.

O pai ouviu a história, já a ouvira outras vezes, limitava-se a rir com os cantos da boca, como se a mãe tivesse contado a travessura de um menino que não era ele.

Herdei essa qualidade paterna, sempre tive pavor dos navios. Nada queria com eles. Anos mais tarde, precisei atravessar o canal da Mancha, tomei o barco em Calais, fui saltar em Folkestone como o pai, sem cor, sem uma gota de sangue no rosto. Era, até então, a herança maior que ele me deixara.

Decidi que, houvesse o que houvesse, jamais poria os pés em qualquer coisa que ameaçasse andar sobre águas — com exceção das barcas de Niterói e Paquetá, confiáveis, dos meus tempos de infância.

Mesmo assim, nos últimos anos, justo depois da morte do pai, parece que ele me deserdou da incompatibilidade com o mar, comecei a andar regularmente de navio, a gostar deles, a neles me sentir bem. Fiz cruzeiros pelo Caribe, pelas ilhas gregas, fui a Istambul, passei pelo Bósforo, cruzei o

Mediterrâneo em todas as direções e, ainda no ano passado, fiz a viagem de volta para casa, depois de um mês de férias, tomando o navio em Gênova e saltando na mesma praça Mauá que um dia recebera o pai no escaler, sem ter visto o triunfo de Gago Coutinho e Sacadura Cabral e sem uma gota de sangue no rosto.

Atribuo essa mudança a alguma causa sobrenatural. Achava que o pai, onde quer que estivesse, havia praticado uma de suas técnicas para me livrar do vexame que dele herdara.

Capítulo 12

Eu não devia dar tanta e tamanha importância a esse embrulho. Devia abri-lo e — pronto, era um mistério a menos, se é que é mistério mesmo. Assim como há dores de corno retroativas, há indecisões antigas que envergonham. Afinal, o embrulho está aqui, posso dispor dele, abri-lo, jogá-lo fora, rasgá-lo, ou nada fazer com ele, mantendo-o em sua condição de embrulho, em sua espécie de mistério.

Não é um desafio, nem chega a ser um enigma. O outro — o que estava no armário da Sala de Imprensa da Prefeitura —, esse, sim, ainda me preocupa e, em certo sentido, ainda me faz sofrer.

Naquela época — e sobretudo depois de sua doença e de o ter substituído na vida profissional — o pai não tinha segredo para mim. Afinal, eu fora obrigado a mexer em tudo o que era dele, assumir seus compromissos funcionais e financeiros.

A isquemia cerebral o atingira em abril, mês em que se declarava o imposto sobre a renda. O pai fazia não apenas o dele mas o do primo Nelson e de alguns amigos. Foi essa, por sinal, uma das tarefas mais urgentes que assumi, não podia perder o prazo para evitar a multa da Receita Federal.

Com dificuldade e lapsos, ele deu as indicações indispensáveis, no mais que me virasse. Pude saber o que já sabia: ele tinha uma ligação já antiga com aquela que, depois da morte de minha mãe, veio a ser sua segunda mulher e foi a companheira que aguentou o rojão de sua decadência e morte.

Antes dela, porém, tivera casos que os colegas de Sala conheciam, invejavam, reprovavam e achavam divertidos. Escondeu de mim o quanto pôde esses casos e, sobretudo, a ligação mais séria, mas eu já o havia surpreendido na rua da Carioca com uma loura vistosa, muito enfeitada, mais alta do que ele — loura que depois sumiu de sua vida sem deixar vestígios ou estragos.

Fui obrigado a mexer em seus papéis, talões de cheque, recibos, toda a sua vida nos últimos meses. No início, fiquei chateado, depois achei natural. Ele levara para essa vida clandestina, longe de seu auditório preferencial — que éramos nós, sua mulher e filhos —, as mesmas técnicas, o mesmo entusiasmo, as mesmas quebrações de cara.

Nada do que vim a saber me surpreendeu, o próprio fato de estar comprando uma casa em Corrêas, em sociedade com a companheira, já era em parte do meu conhecimento e do conhecimento de seus amigos mais próximos.

Quando abri pela primeira vez o armário da Sala de Imprensa, nele encontrei alguns remédios, uns comprimidos que todos diziam ser inúteis, mas que tinham a fama de levantar defunto: começava a fazer sucesso, no Brasil, o método de uma doutora romena que se especializara em cura de envelhecimento.

Eu ouvia falar na dra. Aslam, uns garantiam que era uma vigarista, outros, uma cientista genial, as farmácias promoviam e vendiam remédios atribuídos às fórmulas da doutora — era evidente que o pai, com a curiosidade dos experimentos, ali pelos sessenta e tantos anos apelasse para eles, mas de forma desconfiada: no fundo, pelo que se podia depreender de seus casos, ele não devia necessitar de adjutórios.

Mesmo assim, havia alguns desses remédios, uns em uso, outros abandonados. Na sua mesa, no jornal, também havia comprimidos e bilhetes, muitos bilhetes de suas namoradas, para as quais ele escrevia poemas (geralmente os mesmos, mudando apenas as referências básicas de cada uma). E delas recebia juras de amor, queixas generalizadas de ciúme e abandono.

Em algumas dessas cartas e bilhetes havia um médico a ser pago, um aluguel que não estava em dia, pequenas mordidas que fazem parte da contingência da vida e do amor.

Na tarde em que levei a sua declaração de renda para assinar (conseguia fazer a assinatura apesar de o movimento de sua mão direita estar reduzido), ele me olhou fundamente e perguntou se tudo estava bem. Entendi o que ele queria saber. Disse que sim, ficasse tranquilo, tudo estava resolvido. Nesse "resolvido" eu incluía (e ele entendia) os compromissos com a outra casa.

Não fora para esconder o seu lado clandestino que ele agiu tão estranhamente, esperando que eu estivesse longe quando tirou o embrulho do fundo do armário da Sala de Imprensa. E, o que era mais revelador, a eficiência, a "técnica" com que deu sumiço no embrulho, naquele mesmo dia, ao sairmos juntos, no final do expediente: ele não o levava em nenhum local visível de seu corpo ou de sua roupa. Imaginei que tivesse deixado o embrulho com outro colega, mas era impossível. De todos os colegas, em quem ele mais confiava era em mim mesmo, que, além de colega, tinha a qualificação suplementar de filho.

E esse embrulho, ao que é dado a memória guardar, era, se não o mesmo, muito parecido a esse que agora tenho diante de mim.

Acrescentaria um absurdo ao absurdo: seria o mesmo embrulho que, em algum momento, no fim de sua vida, ele deixara com alguém de confiança, impondo a condição de remetê-lo para mim dez anos depois de sua morte.

Sim, fazia sentido, mas não fazia verdade. A escolher um destinatário, ele o teria deixado com meu irmão mais velho, que era o preferido dele, o mais próximo de suas necessidades e de seu interior. Depois (como argumento definitivo), ele tinha consciência de que eu sabia tudo a seu respeito, não haveria revelação capaz de me espantar ou me mortificar. E tudo o que dependera de mim em relação a ele fora feito com aprovação sua.

Olho mais de perto o embrulho, quase o seguro entre as mãos novamente, para lhe sentir o peso, a consistência. Não, não pode ser: o papel, o barbante, a tinta com a qual escrevera meu nome, tudo é recente, um embrulho feito dois, três dias antes. E, em matéria de cheiro, pode ter cheiro de alfazema, de manga, de brilhantina, de enxofre ou de incenso, menos o de mofo, de coisa guardada no fundo de um outro armário de uma outra sala.

Posso ser ruim de tudo, mas me considero bom de nariz. Tanto que descobri no embrulho o cheiro das mangas do cemitério de Santa Cruz e da brilhantina Émeraude, de Coty, que está fora do mercado — já ninguém mais usa brilhantina.

Se o embrulho fosse o mesmo, eu já teria sentido de alguma forma o cheiro do armário da Sala de Imprensa da Prefeitura, o cheiro do Deodoro Lopes e do Cristóvão Monteiro Freire, o cheiro do Lourival Dallier Pereira e do Álvaro Pinto da Silva, do Salvador Neno Rosa e do Seu Ministro Breno Pessoa, do Amorim Netto e do Pereira Filho, do Faustino Passarelli e do Otávio Victor do Espírito Santo, do Raymundo Athayde, do Armando Miceli, do Stamile, do Jofre, do Malta (filho do velho Malta, fotógrafo da cidade), dos dois contínuos, Zé Porfírio e Vilanova.

Essa gente toda, quando reunida, tinha um cheiro específico, um cheiro que os acompanhava onde quer que se reunissem, no bar da Brahma da Galeria Cruzeiro, onde todos tomavam chope antes de ir para a Sala e onde havia um violinista que tocava "Mamma", "Parlami d'amore, Mariú", os foxes dos anos 1920, "Hindustan", "O amor numa serenata", as valsas da *Viúva alegre, Linda flor* (do Henrique Vogeler), as primeiras composições do Orestes Barbosa — o pai era colega e vizinho dele, lembro o dia em que o próprio Orestes foi à nossa casa, levando *Flor do asfalto,* seu primeiro disco:

Deixou-me a flor do asfalto abandonado,
nesta ansiedade louca do desejo...
vejo o mantô grená que ela não quis
meu telefone agora vive mudo
e o dela sempre em comunicação.

O cheiro dos rapazes da Sala era impossível de ser confundido com qualquer outro cheiro, sobretudo quando iam em excursão com o prefeito ver obras que sempre estavam sendo feitas e nunca ficavam prontas, ou quando compareciam, com caras pungentes, devastadas, às missas de sétimo dia de alguma autoridade ou colega de outros jornais.

Era uma turma tão gregária que eles não faziam parte das redações de origem, nem o Seu Ministro Breno Pessoa era do *Jornal do Commercio*, nem o Raymundo Athayde era dos Diários Associados, o Pinto de *O Globo*, o Deodoro de *O Radical*, o Salvador do *Diário de Notícias*, o Miceli do *Correio da Manhã*, o Amorim de *A Notícia*, o Pereira Filho do *Diário Carioca*, o Lourival (o tio Lourival de todos, porque era diretor de um Distrito de Arrecadação no largo da Carioca e aceitava os vales daqueles que necessitavam de algum dinheiro para terminar o mês) de *A Manhã* e da equipe do Oduvaldo Cozzi, locutor de futebol que nele tinha um dos enviados especiais atrás do gol.

De repente, todos esses fantasmas, todos esses mortos pareciam estar ali, não na Sala de Imprensa da Prefeitura, mas em minha sala, olhando o embrulho, apreciando a *última* do pai, que todos esperavam não ser a última de verdade, pois as histórias em que ele se metia nunca tinham fim, ligavam-se umas às outras, entravam uma dentro da outra, como aquelas bonecas de madeira que fabricam na Rússia.

Eu estava sozinho e, pelo que me lembre, era a primeira vez que enfrentava esses fantasmas juntos. Bem ou mal, foram os amigos mais íntimos do pai. Depois de nós, sua família, era a turma da Sala que formava a sua plateia alternativa, com períodos de atração e repulsão, sobretudo quando havia convites para os bailes de Carnaval, as entradas para as óperas no Municipal, as matérias pagas que o prefeito, numa época em que as agências de publicidade eram poucas e não tinham intimidade com os governos, fazia diretamente com os jornais por intermédio dos rapazes da Sala.

Tudo isso, misturado, criava uma sociedade secreta, eles se uniam entre si contra todos e todos brigavam entre si por qualquer besteira, por um jantar ao qual um deles fora convidado e outro não, uma visita de inspeção às infindáveis obras municipais — essas questões rendiam dias de discussão, de bate-bocas homicidas, de alusões torpes, valia tudo.

Mas bastava o telefone oficial tocar, avisando que o prefeito queria comunicar alguma coisa, e todos se uniam, se ajudavam.

Quando um ficava doente, a solidariedade era total. Faziam tudo para que o jornal de origem não ficasse sabendo e ameaçasse descontos no salário — ou, o que era mais trágico, uma substituição. Tão unidos eram que a atividade profissional tornava-se secundária — e foi por aí que os jornais, ao se modernizarem, pouco a pouco aboliram essas credenciais que terminavam como empregos vitalícios.

Havia o trato básico que, apesar de transgredir os fundamentos da profissão, funcionava como lei gravada em tábua sagrada: ninguém dava furo em ninguém. Se algum dos rapazes (a idade média da Sala era sessenta anos) soubesse alguma notícia ou fato, ou tivesse acesso a um dos dois, antes de comunicar à própria redação, fazia uma geral e avisava a todos.

O esquema funcionava de igual modo em outras Salas de Imprensa, nos Ministérios, na Presidência da República. A ética do credenciado era o avesso da ética da profissão. Do ponto de vista técnico, constituía uma aberração. Do ponto de vista humano, uma delícia, um estado de graça.

Só havia concorrência quando um deles, por qualquer motivo, recebia balcão simples em vez de balcão nobre para uma ópera no Municipal. Fora isso, que os jornais, a profissão e o respeitável público se danassem. Eles se uniam contra o mundo e aproveitavam o mundo.

Por isso o pai se dera tão bem, recusando exercer outras tarefas no jornal, apesar do registro de redator que lhe dava direito a outro tipo de função.

Era, em linhas gerais, o caso de todos. E viviam tão próximos, tão iguais e solidários que a Sala continuou mesmo quando não havia mais Sala, substituída inicialmente pelos Comitês (que ainda conservaram alguns traços do esquema anterior), depois pelas Assessorias, com os governos criando um serviço especializado para lidar com a imprensa.

Foi na Sala que o pai encerrou a vida profissional. Eu o substituíra no impedimento de 1955, fisicamente ele se recuperou, mas nunca reassumiu a função. Achando que eu dava conta do recado, verificando que o jornal continuava aceitando ou tolerando a situação, ele foi se afastando, se dedicando mais e mais à casa de Corrêas, que eu só vim a conhecer depois que minha mãe morreu e fui apresentado à sua segunda mulher.

Mal deixava a estrada União-Indústria e pegava o caminho de terra que levava a seus novos domínios, começava a sentir o cheiro dele, de suas técnicas, de seus troféus, de seus truques. Também sentia constrangimento, um peso não sei onde, nas pernas, na cabeça, nas mãos, sei lá, era uma situação nova e que eu precisava absorver.

Talvez fosse o ressentimento do qual fazia esforço para me livrar. Não que houvesse queixa ou orgulho ferido por causa de minha mãe. Talvez fosse isso e eu procurava pensar que assim era. Mas no fundo, bem no fundo, acho que era despeito: eu perdera aquilo tudo, a preparação do terreno, o jardim, o riacho que ele represou como fizera antes, na casa de minha infância.

Era mais ou menos como esperava: o jardim bem-cuidado, a grama com um verde calmo e jovem, as árvores frutíferas que ele nunca dispensava, os limoeiros (ele não podia passar sem as limonadas e gostava de produzir os próprios limões, espremê-los com técnica no meu copo de alumínio dos tempos de Seminário). Alguns pés de laranja, sempre seletas ou peras, odiava as laranjas-lima, que ele julgava fruta de efeminados, de maricas.

E havia uma novidade, o pé de romã que ele perseguira durante anos em nossa chácara, perseguição sem resultados, os pés morriam antes de crescer. Agora, no ar serrano de Corrêas, lá estava o pé, se não dera romãs, ao menos continuava vivo, prometendo frutos.

Com mais tempo para cuidar de seu lado agrário, ele, animal urbano, exagerara nos detalhes. Cada pé tinha, ao redor de sua base, uma proteção de pedras redondas que ele retirara do fundo do riacho. Deixara as pedras secar, lixara--as para que perdessem o limo e as pintara de azul.

— Por que azul? — perguntei.

Ele disse que a casa se chamaria Tudo Azul — e começara pelas pedras a dar significado real ao nome que mais tarde mandou colocar na parede da varanda, um quadro de azulejos feito numa cerâmica de Itaipava, baseado em desenho dele, o morro do Castelo, ali em frente, um trecho do rio Santo Antônio embaixo, o céu de um azul profundo, quase roxo, cobrindo a paisagem. Na parte de cima, numa faixa sustentada por duas andorinhas, a legenda: "Tudo Azul."

Depois de me apresentar os seus domínios, de elogiar a técnica com que obtivera aquele tipo de grama, de árvores e de frutos, deixou-me só, caminhando pelo gramado. Ele evitou fazer qualquer alusão ao passado, à velha chácara da infância. Nem precisava. Estava na minha cara. E na dele.

Fui direto ver a represa, bem menor, embora mais cristalina do que a nossa. Examinei as margens. Um dos lados, que dava para uma pirambeira, estava coberto de bananeiras, pelos cachos só podia ser banana-ouro, a que ele mais gostava. As águas, nascidas ali mesmo, em fontes cobertas pela relva, eram claras, transparentes, via-se o fundo.

Procurei bem. Não encontrei um filhote de jacaré.

Capítulo 13

Lá fora a noite caiu. Estou fechado em minha sala, sozinho neste andar, sozinho neste edifício de escritórios, só o pessoal da segurança deve dar plantão na portaria, na garagem.

Desde que voltei do almoço não saí daqui, desta sala, desta mesa, deste embrulho no qual não mais toquei. Nem precisava: basta olhá-lo. Se me metesse a escrever um livro sobre o que está acontecendo, alguém acharia nesse embrulho, vindo brutal e inesperadamente do passado, uma referência, associação ou plágio da madeleine de Proust — e aí me cobrariam um romance. E como não há romance, além da pretensão, constatariam o meu fracasso.

Nada mais diferente, contudo, entre o biscoito de Proust e o embrulho do pai. A madeleine trouxe o gosto que leva ao passado, ao passado geral, ao passado anterior ao passado, ao passado de depois do passado, o passado "ao lado" do passado.

O biscoito abriu as portas do tempo — do tempo perdido. Ora, o meu caso, ou melhor, o "meu" embrulho não me abre nada, muito menos o tempo. Se abria alguma coisa era o espaço — até então, nunca pensara organizadamente na única pessoa, no único personagem, no único tempo de um homem que, não sendo eu, era o tempo do qual eu mais participara.

E o meu não era um tempo perdido mas um tempo desperdiçado. Olhando o envelope, também posso pensar em Otelo examinando o lenço. Bem, o caso dele era diferente, havia a suspeita, havia o ciúme, haveria o crime. Tudo pode acontecer a partir de um embrulho, de um biscoito, de um lenço.

(Há também aquela bola de vidro que caiu da mão do cidadão Kane no filme do Orson Welles. Ele viveu toda uma vida agarrado à lembrança daquele trenó — todos os que o pesquisaram, que tudo sabiam ou suspeitavam dele, ficaram boiando diante do enigma, Rosebud, só ele, Kane, sabia o que era porque, no fundo, ele próprio não devia saber quem era.)

Tempo que ficou fragmentado em quadros, em cenas que costumam ir e vir de minha lembrança, lembrança que somada a outras nunca forma a memória do que eu fui ou do que outros foram para mim.

Uma quase memória, ou um quase romance, uma quase biografia. Um quase quase que nunca se materializa em coisa real como esse embrulho, que me foi enviado tão estranhamente. E, apesar de tudo, tão inevitavelmente.

Tão inevitavelmente como as chegadas dele em casa, em inevitáveis noites de junho, trazendo debaixo do braço o rolo de papel de seda para fazer os balões de Santo Antônio.

Eu sabia que aquele dia sempre chegava, não ansiava pelos Natais, pelos Carnavais, pelas férias em Rodeio ou Paquetá. Eram acontecimentos que gostava quando aconteciam, mas não sofria esperando que acontecessem. Podiam vir ou não vir, pertenciam a todos, não eram meus exclusivamente, não me fariam falta, não criariam aquele clima de estar com ele, de participar com ele da formidável sequência de dias e noites fazendo balões.

A chegada daquele rolo, pesado, protegido por papel mais grosso, era um acontecimento. A começar pelo cheiro, um cheiro civilizado de papel importado, o pai só usava papel sueco. Era o mais resistente, o de cor mais fixa e linda, o que não manchava quando recebia a cola.

Na fartura do rolo, o pai gostava de dizer que ali havia tantas resmas de amarelo ou vermelho, nunca dizia "comprei cinquenta folhas amarelas", dizia "comprei tantas resmas amarelas", até hoje não sei quantas folhas tem uma resma, na minha contabilidade infantil uma resma devia ser um milhão de folhas, o que significava um milhão de balões para fazer e soltar.

Ele nunca avisava que ia trazer as resmas de papel fino, me pegava desprevenido, eu olhava o calendário, suspeitava que a grande noite estava próxima, mas nunca tinha a certeza da data. Nesse dia, ele vinha mais cedo e me pegava acordado. Mas houve anos em que chegou mais tarde, noite alta.

Sabendo que era uma festa, ele me acordava, embora minha mãe reclamasse, acordar uma criança por causa tão boba, os balões demorariam a ser feitos, haveria tempo para aproveitar aquilo tudo, ela não entendia que eu tinha pressa, e o pai também. Se tínhamos de ser felizes, queríamos ser felizes já.

Ele deixava o rolo em cima da mesa, as resmas formavam um cilindro, um volumoso cartucho, uma coluna em cujas bordas se formava uma espiral de listas finas, de todas as cores, as que eu conhecia e outras que eu achava bonitas mas cujo nome eu ignorava.

O pai ia comer qualquer coisa na copa, minha mãe sempre deixava a metade de um frango, um pedaço de carne assada, uma salada, uma sopa de ervilha com bacon que o pai adorava.

Enquanto ele comia, eu procurava contar as resmas, as cores que se perdiam na parte superior daquela espiral, denunciando que ali, atrás do branco, do azul, do amarelo, do roxo, do verde, estava a pele, a pele que cobriria a carne vazia de tantos balões.

Até que o pai vinha da copa, o cigarro aceso. Com técnica especialíssima cortava o barbante que amarrava o rolo. As resmas caíam na mesa numa cascata de cor — e o cheiro era tanto que me tonteava de prazer.

Naquela primeira noite, o pai se limitava a conferir se havia alguma folha imperfeita ou rasgada, se fora roubado pelo empregado da Casa Cruz — que era a importadora do melhor papel sueco, cujo nome devia ser mais complicado do que o das balas de cevada Sönksen e por isso não guardei.

Depois separava as resmas pela cor. A pilha mais alta era a branca, depois a roxa. E tinham um motivo. As folhas brancas, além de servirem para fazer os gomos de vários balões, eram usadas para tampar os bordados de uma de suas obras-primas: o balão que levava, em seu ventre de monstro, rosáceas que ele copiava de uma estampa da Notre-Dame, justo a rosácea sul. E levava também corações — que ele chamava de copas —, cruzes de Lorena, âncoras, leões de perfil, escudos heráldicos que lhe davam um trabalho de artesão medieval.

Fazia o modelo em papel de jornal ou papelão, recortando o desenho com tesoura ou gilete. Depois, folha por folha, rosácea por rosácea, escudo por escudo, dava grandes pinceladas de cola e grudava a folha branca. Essas folhas, depois de secas, eram emendadas de acordo com o desenho geral do balão, formando gigantescos gomos que eram depois fechados com a ajuda de linha crua para reforçar o bojo que suportaria a pressão da colossal bucha que o ergueria ao céu.

Quanto ao roxo, era uma de suas extravagâncias. Naquele tempo, roxo era uma cor triste, de Semana Santa, quando chegava a Quaresma minha mãe envolvia o Sagrado Coração da sala com um pano roxo, o crucifixo de sua cabeceira também ficava escondido numa sacolinha de veludo roxo com enfeites dourados. Até mesmo o Santo Antônio que o pai tinha na cabeceira recebia uma cobertura roxa.

Eu entendia aquele roxo cobrindo os santos. Na matriz de Nossa Senhora da Guia eu via as imagens igualmente cobertas de roxo. O que não compreendia era a mania do pai em comprar tantas folhas de papel roxo para uma festa que nada tinha a ver com a Quaresma, com um tempo de penitência e dor.

Houve ano em que estranhei tanto roxo e o pai logo me rebateu, deixando-me perplexo. Ele não usava o roxo: aquilo não era roxo, era "violeta". Nada podia argumentar contra o violeta. E tanto me convenci que o roxo não era roxo mas violeta, que passei a ver a cor de outro modo, com outros olhos e com outro sentido.

Continuava detestando, abominando, desprezando o roxo, tinha medo de sua profundidade, quando olhava a resma das folhas compactas, densas, elas formavam um ralo, um redemoinho sem luz que me levava a pensamentos tristes, um precipício sem fundo que me intimidava, que me ameaçava tragar em seu abismo escuro.

Bastou o pai afirmar que aquilo não era roxo mas violeta, e logo passei a aceitar a cor, até mesmo a apreciá-la. Hoje, é das cores de que mais gosto. Houve tempo em que, para matar o tédio entre dois casamentos, dei de pintar quadros abstratos, e os balconistas da mesma Casa Cruz, na rua Ramalho Ortigão, se admiravam de eu comprar tantas bisnagas de cor roxa.

Se era imenso o fascínio das folhas enroladas, formando nas beiras a espiral colorida, maior era o encanto das resmas empilhadas num canto da mesa. A pretexto de alisá-las, de não deixar nenhuma ponta virada, eu ficava passando a mão nelas, eram macias, e cada cor tinha uma reação diferente ao tato: as brancas eram as melhores, as mais complacentes, mas eu as considerava sem graça, por serem comuns. O vermelho e o verde me apaixonavam, não me cansava de olhá-los — até hoje, num sinal de trânsito, olhando para o verde e o vermelho, descubro neles a referência iluminada de um tempo antigo e colorido.

Enquanto alisava o papel de seda, o pai fazia cálculos complicadíssimos nas tiras que trazia do jornal e que eram o papel em que escrevia tudo, de cartas pessoais a matérias para a redação.

Volta e meia, tirava o cigarro da boca e o deixava na ponta da mesa — não gostava de usar os cinzeiros que minha mãe espalhava pela casa, só na hora de bater a cinza é que os procurava, fora isso equilibrava o cigarro em qualquer canto, daí que em nossas mesas e móveis havia marcas de cigarro, algumas profundas.

Às vezes, tinha alguma dúvida, pegava as resmas amarelas ou azuis e com um rápido desdobrar conseguia contá-las. Voltava aos cálculos, até que, já no fim da primeira sessão, eu cambaleando de sono e fadiga, ele tinha uma ideia aproximada de quantos balões faria, quantas folhas reservaria para o balão bordado, quantas resmas gastaria no balão gigante, que ele chamava de "Rei dos Reis" — e eu tremia, emocionado, vendo em cima da mesa de jantar, esquartejada em resmas de papel, a carne de um rei colossal que seria maior do que todos os outros reis.

Ele terminava os trabalhos preparatórios — e a noite já ia alta. Eu apoiava a cabeça na mesa, bem próxima das resmas, o cheiro me tonteava e impedia que eu dormisse de vez. O pai via meu estado e, apesar dos meus sete, oito ou nove anos, me apanhava no colo.

Levava-me para a cama — minha cama de quando ainda era menor, que tivera um cortinado que ele próprio julgou efeminado para um homenzinho de mais de sete anos. Ficara apenas a armação que sustentara o cortinado, na época de Natal, ele ali pendurava uma estrela dourada para dar clima natalino ao quarto e, se possível, aos meus sonhos de criança.

Depois de me levar no colo e deitar-me na cama, ele voltava à sala. Cansado, eu dormia logo, embalado pela certeza de que, nos próximos dias e noites, ficaria ao lado dele ajudando-o nos balões, segurando a panela com a cola de farinha de trigo (ele não sabia usar outra), levando os gomos para secar em cima das cadeiras da sala, com cuidado para não os rasgar nem os amassar.

Ele voltava para a sala, mas parece que também ficava excitado, com vontade de logo começar os balões. Separava então as folhas que sobraram, no dia seguinte ele me dava essas folhas para que eu me distraísse fazendo meus próprios balões, de meia folha ou folha inteira, que não faziam sombra aos seus colossos de dez ou 12 folhas emendadas para fazer um só gomo.

Houve o ano em que, quando acordei na manhã seguinte, pendurado em cima da minha cama, cheirando maravilhosamente a papel de seda e a cola de farinha de trigo, impecável, sem uma dobra, sem um amassado, havia um pequenino balão de meia folha, seis gomos, roxo e branco — cores que sempre sobravam mas que nunca eram bastantes para o tamanho da nossa festa.

Esse balão, que nunca soltei, ficou amarrado à minha infância, se um dia eu chegasse a rei ou a bispo e tivesse direito a um escudo, nele mandaria gravar esse balão, logotipo do meu mundo, emblema de mim mesmo. Os outros meninos pediam que eu o soltasse, de que adiantaria ter um balão roxo e branco amarrado em cima da cama, pendurado como um espantalho, a pele de um palhaço descarnado?

Anos depois, quando fui para o Seminário, embrulhei-o e guardei-o com cuidado na gaveta mais funda de um armário. Minha mãe reclamou, a cola poderia atrair baratas, mas quando percebeu que aquilo era importante para mim, acabou cedendo. Pelo menos foi essa a impressão que me deu.

Na véspera de minha partida (eu iria passar um ano sem vir em casa) fui me despedir do balão. Já não estava lá. Minha mãe ficou triste ao saber que havia me magoado, justo no momento em que eu partia, em que eu largava minha infância, deixando para trás o menino que fora.

Explicou novamente o problema das baratas, a cola dos balões que o pai fazia era na base da farinha de trigo, eu sabia que ela não inventava uma desculpa, lembrava o ano em que chovera no dia da festa e o pai tivera de deixar alguns balões para o ano seguinte. Colocou-os no alpendre onde guardava as ferramentas e os sacos de rações das galinhas. As baratas se fartaram. Quando abriu a temporada do novo Santo Antônio, foi comigo apanhar aquelas preciosidades: haviam se transformado numa renda de papel, bastou tocá-los e eles se desmancharam, deixando o chão atapetado de confetes coloridos.

Por tudo isso, ela guardou-o no quarto dos fundos, onde dormia o Manuel Firme, que ajudava o pai nas galinhas e que eu considerava um irmão de criação.

Ao contrário de minha mãe, Manuel alegrou-se com a responsabilidade de guardar o balão para mim. Era março, em dezembro eu viria passar as férias em casa, poderíamos soltá-lo. Ele concordou, sim, em dezembro.

Em junho, na visita mensal que recebi no Seminário, o pai reclamou do Manuel Firme. Soltara o balão roxo e branco e ele lambera em cima do galinheiro, assustando as galinhas.

Saber que o meu balão não mais existia doeu. E só não doeu mais porque esse balão frequenta meus sonhos, frequenta sobretudo — e até hoje — minhas insônias. É quando, de repente, iluminado e silencioso, ele se ergue, roxo e branco, e passa pela minha memória, lentamente, cobrando-me o legado que me deixou, um legado de tristeza, mansidão e fragilidade.

Capítulo 14

Daí não ter dúvida, desde o primeiro instante, de que o embrulho em cima da minha mesa viera dele. Com a permanência das coisas que ele sabia fazer (balões, embrulhos, nós), eu teria de sentir que aquele embrulho fora feito por ele, nele deixara a marca de suas técnicas e cheiros. Eu podia ouvir a sua respiração, que ficava mais forte quando se concentrava para dar o nó, para que tudo saísse perfeito, para que tudo testemunhasse a eficiência de sua técnica.

Pareciam feitos em série, os seus embrulhos. Por isso, eu poderia confundi-lo com o pacote da Sala de Imprensa da Prefeitura: tudo era igual, o papel, o tamanho, a consistência. Só que não havia um destinatário para o outro embrulho.

Num desses saltos mortais da memória (seria mais certo dizer: "saltos suicidas") apareceu-me outro embrulho, um terceiro embrulho — e a voz do padre Cipriano ensinando que, na lógica de Aristóteles, somente com o terceiro elemento de um problema se chegava à solução. "*Omne trinum est perfectum*" — eu conhecia a versão do ditado de outra forma, mas padre Cipriano preferia usar a do neutro latino, talvez não fosse a mais correta, mas era a que ele gostava de usar.

Esse terceiro embrulho — até onde poderia lembrar — era exatamente igual ao da Sala de Imprensa e ao que agora está em minha mesa. Apesar de ser mais meu do que dele, com ele ficara e provavelmente se perdera. Eu próprio nunca fizera nada para recuperá-lo.

Fora feito numa Quarta-feira de Cinzas. Nele, o pai guardara cinco meses de aulas que me dera, preparando-me para enfrentar o exame de admissão no Seminário.

Esse embrulho andou pelas suas estantes de livros. Já adulto, tendo saído do Seminário, procurei-o um dia. Não o encontrei. O pai não era de jogar nada fora. E o embrulho, com os meus trabalhos escolares, as provas, as composições, representava muito também para ele. Afinal, aquele material testemunhava um triunfo dele. Minha vitória, antes de ser minha, fora dele.

Eu fizera os exames pouco antes do Carnaval, os resultados saíram na Quarta-feira de Cinzas, o pai voltou do Rio Comprido com a notícia, eu fora aprovado entre os primeiros, só não fora o primeiro porque perdera pontos na prova de leitura — minha dicção era defeituosa, o dr. Pedro Ernesto ainda não havia operado o freio que prendia a minha língua.

Ele estava exultante, não tanto pelo sucesso do filho mas pelo próprio sucesso. Fora ele que, nos últimos cinco meses, me preparara para os exames.

Tudo por causa do diabo de minha dicção. Eu não pudera, até então, frequentar regularmente os colégios. Além de criar problemas com os colegas — que caíam em cima de mim, maltratando-me, fazendo com que eu me habituasse à solidão que no fundo eu ainda não desejara, os professores desanimavam de me ensinar a pronunciar certos ditongos, perdiam a paciência, chamavam o pai, aconselhavam a que me arranjasse outro colégio.

Depois de várias experiências, sempre malsucedidas, o pai deixou-me ficar em casa, vez ou outra me passava uns exercícios, explicava alguma coisa de história ou de geografia, mas sem método, sem finalidade, acho que adiava o problema, sem saber exatamente o que faria comigo.

Minha ideia de ir para o Seminário foi providencial. Tia Alzira entrara com o enxoval, ele fez os cálculos e viu que com alguns meses poderia me colocar em condições de prestar os exames, os mesmos, por sinal, que habilitavam ao Colégio Militar e ao Pedro II, apenas com alguma coisa a mais relativa ao catecismo e à história cristã.

Até então eu não tivera escolaridade normal. Aprendera a ler e a escrever — e só. Fazia contas nos dedos — e geralmente erradas. Com nove para dez anos, já era um retardatário na vida.

Havia agora o desafio. Os exames exigiam um nível igual ou superior ao do curso primário completo. Nem havia tempo para me inscrever num intensivo de admissão, muito usado na época, pois o primário era insuficiente para habilitar o aluno ao ginásio.

Até que o pai chegou em casa com um quadro-negro sob o braço. Comprara na Casa Cruz, na rua Ramalho Ortigão, a mesma loja onde comprava os papéis de seda para fazer os balões.

Era um quadro-negro pequeno, guardo até hoje as dimensões: noventa centímetros por cinquenta. Tinha um cordão verde-amarelo na parte de trás para ser pendurado na parede, como um quadro comum.

Trouxe também uma caixa de giz e alguns livros, uns cadernos de caligrafia, um apagador, um compasso. Comunicou-me que, a partir do dia seguinte, eu acordaria sempre às sete horas e teria aulas até as dez. Ele precisava sair às 11. Depois do almoço, das duas às cinco, eu deveria estudar e fazer os deveres de casa. Aos domingos, quando ele não ia ao trabalho, as aulas seriam da hora em que eu acordasse à hora em que fosse me deitar.

Eu não reclamei, minha mãe reclamou por mim daquela severidade, mas o pai tinha razão: eu estava atrasadíssimo em relação aos meninos de minha idade, ele examinara o programa da admissão solicitado pelo Seminário, era terrível, rigorosíssimo, os padres sempre tiveram fama de puxar pelos alunos, eu teria de fazer, em cinco meses, o equivalente aos cinco anos do primário para me habilitar à admissão de um curso ginasial truculento.

Como sempre, ele nada faria sem antes apelar para a diversidade de seus truques. O quadro-negro, o giz, o apagador, os cadernos, tudo fazia parte de uma técnica especial e inédita até para ele: "De como ensinar em casa um filho retardado a fazer exames." Era, na vida dele, a primeira experiência no gênero, mas parecia que nunca fizera outra coisa — tantas regras ditou para mim e para ele.

Além do equipamento básico de uma escola, do horário estipulado, ele redigiu regras suplementares que copiou com sua melhor letra (à qual não faltaram borrões) colocando o papel na porta do meu quarto, a fim de que, a cada manhã, ao acordar, eu tomasse conhecimento do que faria na vida em geral e naquele dia em particular.

Uma dessas regras obrigava a me preparar física e mentalmente para as aulas que ele daria na sala, na sua escrivaninha escura. Eu deveria acordar, lavar o rosto, escovar os dentes, pentear-me, colocar uma espécie de uniforme, sapato e meia, arrumar minha pasta com os livros e cadernos do dia, postar-me ao lado de sua escrivaninha, verificar se o quadro-negro (pendurado na parede onde antes ficara um barômetro estragado que nunca funcionou) estava corretamente apagado, o apagador limpo.

Feitas essas obrigações, deveria esperar por ele, que vinha logo, só que de pijama, a cara cansada pelo sono interrompido. Afinal, ele sempre chegava tarde, raramente voltava antes da meia-noite, e acordar àquela hora da manhã devia ser um bruto sacrifício para ele, que sempre dizia que o melhor sono era quando os outros acordavam.

A lição começava com as correções nos exercícios que mandara fazer na véspera. Usava um lápis grosso bicolor, vermelho numa ponta, azul na outra. Assinalava os erros com a ponta vermelha, e quando o erro era exagerado, riscava a página toda com um enorme zero, escrevendo dentro dele a palavra *zero* a fim de não me deixar terreno onde pudesse plantar uma dúvida ou contestação.

Em alguns casos mandava-me ao quadro-negro, repetia o problema ou a questão e queria ver como eu me saía. No geral, era paciente. Tinha algum método, pois, afinal, entrara para a Prefeitura como professor concursado, mas dar aula, enfrentar a burocracia de uma escola, aturar garotos sem imaginação seriam para ele uma violência.

Como nada sabia fazer sem entusiasmo, logo nos primeiros dias começou a ficar empolgado com o ofício. E tinha ideias, que infelizmente, pelo resto da vida, nunca mais encontrei em outros professores que passaram pelo meu caminho.

Tirante o catecismo e a história cristã, que frei Tiago, vigário da matriz de Nossa Senhora da Guia, me ensinava, as matérias eram português, aritmética, geografia, história do Brasil e ciências. Em cada uma delas punha uma técnica. Em geografia, por exemplo, logo nas primeiras aulas, havia a questão dos pontos cardeais, Sul, Norte, Leste, Oeste. No livro que me comprou (*Elementos básicos de geografia da 1ª série* — Coleção FTD) havia um guri com uma roupa igual à dos meninos dos tempos de Marcel Proust, geralmente montados em estranhíssimos velocípedes, de rodas altíssimas.

Eu passava horas olhando aquele menino, os braços estendidos em cruz, uma seta indicando onde o sol nascia, onde o sol se punha, e, ao lado, saindo das setas básicas, a rosa dos ventos mostrando que o Leste ficava na frente e o Oeste nas costas do guri.

Pelo menos naquele tempo, a ilustração era suficiente para que uma geração de meninos em todos os quadrantes do globo terrestre soubessem onde era o Norte e o Sul, bastando ficar de frente para o sol no momento em que este nascia e, ao abrir os braços, poder se orientar, na certeza de que atrás dele ficava o Oeste.

Para o pai era pouco.

Na véspera da lição, ele deixou escrita no quadro-negro uma mensagem para mim: "Amanhã, às cinco e meia, impreterivelmente, partiremos de casa para os altos do Sumaré a fim de assistir ao nascer do sol e com ele aprender a orientação sobre o planeta Terra. Traje: esporte. Atenção: acordar meia hora antes da saída, fazer a higiene, tomar café e apresentar-se à sala na hora aprazada. PS: haverá merenda para o aluno."

Naquela época eu ainda não conhecia do pai o suficiente. Mesmo assim, com aqueles detalhes, com aquele advérbio que ele tanto apreciava (*impreterivelmente*), eu comecei a suspeitar o tipo de homem que era. A referência à merenda era inevitável. Sendo glutão, não poderia perder um passeio matinal ao alto do Sumaré, a subida na fresca da manhã abrindo o apetite, a beleza do espetáculo, ver o sol nascer em cima da baía, levantando-se das águas, encharcado de mundo, era demais, e eu precisaria me postar virado para o sol, os braços em cruz, e o pai então diria que na minha frente não estava apenas o sol, mas o Leste, o Oriente com seus mistérios, seus beduínos e camelos, minha mãe gostava de usar um sabonete, Maderas de Oriente, na caixa havia uma odalisca com o véu tapando o rosto, e lá estariam Ali Babá e seus quarenta ladrões, com a caverna abarrotada de tesouros, tudo isso ao som de "Em um mercado persa", de Kettelby. E às minhas costas, além do Cristo Redentor (objeto mais identificável), eu teria o Oeste, os mocinhos e bandidos do Cine Real na rua Barão do Bom Retiro, mais longe, Paris com Maurice Chevalier cantando "Gigolette", de Franz Lehár, e Roma, com o papa Pio XI, rosto macerado, óculos redondos de intelectual, sofrendo pelos pecados da humanidade. E na linha saída de minhas mãos teria o Sul e o Norte, sim, seria uma lição inesquecível.

Saímos de casa na hora marcada, ele apertou o passo, tomamos os velhos terrenos no final da rua Citiso, era um dos acessos ao Sumaré, ele levava um cajado que não sei de onde tirou e o farnel com as guloseimas que providenciara na véspera: uma língua afiambrada, comprada na Confeitaria Cavê, fatias de presunto e queijo prato, uma latinha de patê já aberta, fatias de pão de forno, duas garrafas térmicas, uma com café, outra com limonada, cachos de uva moscatel, frutas cristalizadas — provisão que daria para alimentar a família por uma semana.

A isso tudo ele chamou de "Expedição Geográfica nº 1" — o que muito me alegrou, pois era sinal de que na certa haveria outras. Ficamos lá em cima algum tempo, o sol nasceu, ele me fez cumprir a cerimônia dos braços abertos, fez-me repetir umas cinco vezes onde ficava o Sul e o Norte.

Depois, como que para checar, ou para aproveitar a montagem da cena e também confirmar o que já sabia, ele próprio fez o mesmo e se certificou de que o Leste ficava na sua frente, o Oeste etc.

Findo o quê, o apetite estava impreterivelmente aberto e sentávamo-nos na grama para devorar o farnel. O dia nascia bonito, mas eu não sentia fome. Belisquei aqui e ali — mas admirei a esganação do pai. Com seu canivete (canivete famoso, acompanhou-o a vida inteira, quebrava-lhe os mais inesperados galhos) cortava finas fatias da língua afiambrada. E de fatia em fatia devorava-a toda, com café, pão e limonada.

O sol já começava a esquentar quando descíamos do Sumaré, o suntuoso farnel reduzido a farelos, a lição aprendida para sempre — e para sempre lembrada.

Mas nem tudo foram excursões para ver o sol nascer, nem tudo eram fatias de língua afiambrada da Confeitaria Cavê. Houve momentos trevosos, em que saía até pancadaria. Sobretudo na hora das contas, no quadro-negro. Certa vez, numa extensa divisão de frações, havia um erro no resultado que eu obtivera, o pai me avisou do erro, mas queria que eu o descobrisse sozinho e o corrigisse. Fiz e refiz as contas inúmeras vezes mas não atinava com o erro. Até que ele perdeu a paciência, o erro estava na minha cara, eu não o via. Agarrou-me pela nuca, encostou meu rosto em cima de um oito fatal e me fez apagá-lo com o nariz.

Na mancha produzida pelo meu nariz, no borrão de giz que ficara no lugar do oito, havia também lágrimas, pois eu chorava, não de dor, nem de humilhação, mas pela incapacidade de perceber onde errara.

Corrigi o oito, botei o sete no lugar e continuei a chorar. Minha mãe veio ver o que estava acontecendo, não acreditou quando viu o filho com o nariz sujo de giz, como um palhaço que se prepara para entrar no picadeiro. Tomou minha defesa, acusou o pai de fascista, o pai reclamou de minha falta de atenção, declarou-se desesperado, o tempo corria e eu não revelava progressos, falou tanto que ficou emocionado, parecia que ia chorar — e eu sabia que a tristeza dele não era pelo meu erro mas por ter me castigado daquela maneira.

Naquele dia, no meiozinho da tarde, ele entrou pela casa inesperadamente. Não avisara que viria tão cedo. Exibia um envelope verde, branco e vermelho (cores nacionais da Itália) com entradas para o Circo Sarraceni, que era então o mais famoso do mundo. Revelei falta de caráter dizendo que não poderia ir, tinha muitos deveres para fazer, estava muito atrasado.

O pai declarou que eu não podia perder o circo, seria uma aula de história natural, haveria leões, elefantes, girafas, bichos que eu nunca vira. Ir ao circo, naquele dia, equivalia a cumprir um dever escolar. Que eu fosse me arrumar. Pouco me aproveitou essa aula de história natural. Ignorei os bichos, sentia-lhes a morrinha, ficava torcendo para que eles saíssem logo do picadeiro. Do circo inteiro só guardei a imagem de um palhaço que não tinha muita graça mas fez uma coisa espantosa para um palhaço: chorou porque a moça do trapézio cuspiu (ou fingiu cuspir) em sua cara branca — a cara mais que branca dos palhaços.

Se dava vexame nos números, até certo ponto alegrava o pai com as redações. Havia um quadro na parede da sala que o acompanhava desde os tempos de moleque em São Cristóvão, desde os tempos do tal Absalão: um menino levando um feixe de lenha para uma casa à beira de um rio, a fumaça saindo de uma chaminé, um quadro campestre de autor francês.

A pedido dele, fiz umas cinco ou seis composições sobre aquilo, variando o nome do menino e do lugar, ora o menino era um órfão explorado pela madrasta cruel, ora o menino estava perdido na floresta e encontrava uma casa na qual pediria abrigo, eu me virava como podia.

Ele corrigia aqui e ali, riscava frases, colocava enormes interrogações nos trechos em que ficara faltando alguma coisa, mas sempre deixava escrito a lápis azul um "muito bem", um "bravo".

Deu-me certa vez um tema livre: "Escreva sobre o que quiser. Cuidado com as concordâncias. Não se esqueça de que os advérbios atraem os pronomes."

Passei a tarde em cima de um caderno de folhas muito brancas. A tinta que ele me destinara era vermelha, marca Sardinha, como sempre. A pena era nova.

Eu não tinha um tema, olhava o papel branco, nunca esqueci essa página em branco, sabia que seria gostoso escrever alguma coisa nela. Não sabia o quê. Pensei em repetir a dose e recontar a história do menino com o feixe de lenha, a casinha à beira do rio, a chaminé deitando fumaça. Era um tema íntimo, recorrente, no qual me sentia à vontade.

De repente, tive vontade de escrever sobre um gigante que vinha todas as noites e me trazia bombons e balas. Um gigante que fazia coisas terríveis que me amedrontavam mas que eu gostava dele porque, no final de tudo, ele sempre tirava de um alforje de couro um brinquedo, e me mandava brincar. Um gigante que morava longe, onde moram o vento e as coisas do mundo, que apesar de morar tão longe nunca deixava de chegar, em horas estranhas, mas sempre chegando, porque sabia que eu precisava dele.

O pai corrigiu fartamente, riscou com traços vermelhos uma concordância abominável, substituiu um "medonho" por "terrível" e achou razoável a composição. Disse que eu precisava ler o Zé de Alencar, depois o Machado, mais tarde o Eça.

Pensou um pouco, desconfiou que nem Machado nem Eça seriam apropriados a um seminarista, falou em Vieira, em Bernardes, tinha uma edição de *A Nova Floresta,* falou, falou, falou — e não compreendeu.

Capítulo 15

Não compreender, por sinal, era um de seus defeitos, e, conforme a circunstância, uma de suas qualidades. Por isso ia cometendo gafes por aí afora, tomando prejuízos em qualquer coisa em que se metia — tirante a bem-sucedida experiência das galinhas e ovos, tudo o mais resultara em quebração de cara.

Mas nada que se comparasse à maior encrenca que o pegou desprevenido e da qual, se não saiu moralmente arrasado dela, em muito afetou sua autoestima, embora por brevíssimo tempo.

Foi no período anterior ao fechamento e empastelamento de *O Paiz* e bem antes de sua entrada no *Jornal do Brasil*. Às vezes faço e refaço contas para precisar quantos anos durou essa terra de ninguém em que ele vendeu rádios, instalou antenas e criou galinhas. Quatro ou cinco anos, no máximo. O fato é que, antes mesmo de *O Paiz* ser incendiado em 1930, ele havia tentado voo próprio, associando-se a um grupo de jornalistas que também desejava se libertar da grande imprensa.

Que era gente de talento, era. O líder tinha estrada no jornalismo, ficara famoso como panfletário, demolira mitos da Velha República, seu lema era "nunca se vergar aos poderosos do dia". Dele fora a ideia do novo jornal.

Como não tinha dinheiro, precisava de um mínimo de capital, que conseguiu na base da mais despudorada picaretagem, prometendo apoios e tiragens mirabolantes. Chamava-se Paulo Campos.

Para gerir o problemático e insuficiente capital, escolheu um amigo de infância que escrevera peças teatrais para a praça Tiradentes com algum sucesso, era tido como espirituoso, bebia muito e tinha o apelido de Barão. Belíssimo sujeito mas não confiável, dadas as bebedeiras que tomava.

Esses dois eram as colunas, as pedras angulares do novo jornal que prometia regenerar os costumes políticos do Brasil. Tiraram alguns números apelando para escândalos sociais, casos de adultério, duas páginas compactas com o noticiário policial, e quando não havia noticiário policial, o Barão o inventava.

Como o pai anunciava aos ventos que um dia largaria tudo para criar galinhas em Jacarepaguá, foi abordado pelo Barão e, em seguida, convidado a assumir a seção agrária do novo jornal. Não precisou de muita lábia, e se precisasse, o Barão a tinha, suficiente para fazer do pai não só o cronista agrário, mas ferroviário, metalúrgico, aeroviário, marítimo, financeiro, imobiliário, o que fosse.

A questão era mais simples: por ora, o pai não precisaria largar tudo para criar galinhas em Jacarepaguá. O projeto pessoal podia esperar. O Barão revelou que também cultivava vocação agropastoril, coisa de gaúcho, gostaria de criar ovelhas, um dia poderiam se reunir no projeto comum, comprariam um campo, bem longe do burburinho da cidade, o pai com as galinhas, o Barão com as ovelhas, depois da jornada nos campos, passariam a tarde lendo Virgílio ("*Tityre, tu patulens recumbans sub tegmine fagi*"), ouviriam Debussy (*Prélude à l'après-midi d'un faune*), à noite poderiam ouvir a

Sexta, o Barão gostava do segundo movimento, a tempestade, que o pai detestava, achando que Beethoven tinha feito um temporal de circo de cavalinhos.

Mas até chegar esse dia bucólico, tinham de ganhar a vida e a vida era o novo jornal etc. etc.

O pai aceitou de pronto, sem se preocupar em esclarecer o equívoco: sua experiência agrária limitava-se a um quintal no Lins de Vasconcelos. Além do mais, o mercado que consumia jornais naquele tempo nem sabia o que era "agrário", embora fosse muito repetida a sentença que declarava ser o Brasil um país essencialmente agrário.

Duvidando da seara que lhe determinaram, mas confiando em si mesmo, ele achou que podia quebrar o galho com alguns livros que arranjou num sebo e numa associação de agricultores do Norte fluminense.

Não chegou a ser o terceiro pilar da sociedade, mas, como tinha experiência em vários setores, era usado e abusado na redação e, às vezes, na gerência. Não recebia salário mas vales, que reforçavam o seu orçamento.

Até que o pessoal da oficina, depois de dois meses sem pagamento, declarou-se em greve e o jornal deixou de circular.

Diretor e dono do jornal, Paulo Campos chamou o Barão para armarem uma estratégia que salvasse o empreendimento. Mais por delicadeza do que por necessidade, perguntaram a meu pai se ele tinha "alguma ideia". O pai tinha, sempre teve ideias. Disse que o período eleitoral (virada dos anos 1920 para os 1930) tornava o noticiário político prioritário, todos os jornais estavam em campanha, descaradamente, uns pelo candidato oficial, Júlio Prestes, governador de São Paulo, outros por Getúlio Vargas, governador do Rio Grande do Sul.

O jornal até então ficara em cima do muro, explorando adultérios, facadas suburbanas, punguistas nos trens da Central do Brasil — o tempo era de grandes decisões.

A participação do pai, segundo revelou diversas vezes, ficara nisso. Achava que o jornal devia optar por uma ou outra candidatura — e foi aí que Paulo Campos deu um murro na mesa:

— Por um ou por outro uma ova! Vamos lançar um terceiro candidato!

O pai se considerava um homem de ideias — mas nunca a tal ponto e em tal magnitude. Um terceiro candidato à Presidência da República! Era um plano tão mirabolante e temerário que o próprio Paulo Campos achou que não precisava mais das luzes do redator agrário.

Trancou-se com o Barão para proceder à "avaliação do quadro sucessório". Duas horas depois chamaram o pai. Declararam que tinham encontrado o candidato ideal na pessoa do governador de Minas Gerais, embarcariam naquela noite mesma para Belo Horizonte a fim de convencê-lo a aceitar a candidatura pelas forças populares representadas pelo jornal.

Que meu pai ficasse um ou dois dias na gerência comercial e na chefia da redação, tocando os burros dentro da rotina. O pai argumentou:

— Que jornal? E a greve do pessoal da oficina?

O diretor prometeu que, antes de embarcar, passaria por lá e comunicaria aos gráficos a solução encontrada. Pediria um voto de confiança e garantiria que em dois dias a folha seria paga, pagos seriam os atrasados, o abono pelos dias em greve, tudo.

Bem ou mal, Paulo Campos convenceu os gráficos, que aliás não tinham alternativa. Era uma época de muitos jornais, ninguém tinha garantia de trabalho ou de salário, era pegar ou largar. Aceitaram voltar ao trabalho por mais dois dias. Se o pagamento não saísse no prazo combinado, eles começariam a se pagar pelas próprias mãos, levando o que pudessem para casa. A não ser a velha rotativa, que era grande e na realidade não tinha valor no mercado, o resto podia ser levado, inclusive as linotipos, que, embora caíssem aos pedaços, sempre poderiam ser vendidas às gráficas do interior ou do subúrbio.

Estranhamente, todos aceitaram a gestão interina do pai, que, sendo apenas um improvisado redator agrário, não tinha maiores comprometimentos com a empresa e, como diretor igualmente improvisado do jornal, seria solidário com os colegas gráficos.

Paulo Campos e o Barão passaram um telegrama ao governador de Minas, solicitando audiência especial e urgente para a manhã do dia seguinte. Embarcaram na Central, no noturno que costumava chegar à capital mineira aí pelas dez horas da manhã — quando chegava.

Desta vez chegou, um pouco atrasado, mas chegou. Ao meio-dia eram recebidos pelo governador. A conversa foi comprida. Paulo tinha imaginação e o Barão tinha humor. O papo foi objetivo, direto ao assunto.

Os dois (Paulo e o Barão) haviam feito um exame da situação nacional e chegado a uma conclusão: o país estava perdido. Nenhuma das duas candidaturas já lançadas representava as aspirações nacionais, era necessária uma terceira e imbatível candidatura, um *tertius*, que aglutinasse as forças vivas da nacionalidade em perigo. E essa candidatura só podia ser a dele, governador de Minas. Era inadiável, era um dever de consciência, um ditame da vergonha cívica erguer uma bandeira nova, que representasse o progresso, a moralidade administrativa, nenhum patriota, nenhum homem de bem do Oiapoque ao Chuí poderia ficar alheio à cruzada que eles — Paulo e o Barão — estavam prontos a organizar.

Depois de meia hora em que carregaram nas tintas da desgraça pátria e na excelência das virtudes do governador, queriam a permissão de Sua Excelência para lançarem a sua candidatura ao próximo pleito eleitoral. O jornal tinha grande penetração nas massas — eram favas contadas.

O governador, da tradicional e enigmática escola mineira, ouviu em silêncio e em silêncio permaneceu um tempo. Depois, pesando bem as palavras, disse que nunca pensara na hipótese, ao se eleger governador por Minas dera sua carreira política como encerrada, já estava fatigado de servir ao país, queria paz, uma aposentadoria tranquila, possuía uma fazenda em Três Corações, umas cabeças de boi, uns pés de café e cana — não, agradecia muito mas não podia aceitar.

Paulo e o Barão voltaram à carga, iniciando a segunda rodada de negociações para convencer o governador a mais uma vez salvar o Brasil. Meia hora depois, as coisas começaram a ficar mais claras, o governador admitiu que, realmente, a situação estava grave, o país à beira do abismo e ele, por acaso, tinha alguns planos, um projeto global que muito beneficiaria a nação, o Estado, as tradições mais caras do povo brasileiro. Sim, sim, era uma hipótese. Apenas, em sua modéstia, ele não queria dar um passo em falso, se comprometer...

Os dois jornalistas voltaram à carga, iniciando a terceira rodada de negociações. A politicalha nacional arruinara o país por meio de duas instituições nefastas: a professora do grupo escolar e o delegado do distrito policial. Esses dois elementos retrógrados garantiam o eleitorado de cabresto que mantinha as oligarquias podres e corruptas no poder.

Por isso, a transparência da candidatura de um nome como o do governador etc. etc.

Às 15 horas, em ponto, pálido, hierático, o governador declarou que iria pensar no assunto. Não, mil vezes não — bradaram os jornalistas —, a hora era grave, os problemas urgentes, não havia tempo a perder.

O governador admitiu que era urgente, considerou a situação gravíssima e que o tempo era pouco, as eleições estavam marcadas para outubro. Do que eles precisariam, além do seu consentimento?

Paulo cutucou o Barão, que se encarregou de explicar à Sua Excelência o problema, coisa sem importância, apenas um embaraço de caixa, a folha da oficina atrasada, imagine, Excelência, por causa de míseros mil-réis estamos ameaçados de fechar o jornal, deixarmos o país sem a voz austera e tradicional que sempre veio de Minas etc. etc.

O governador pigarreou, disse que era um homem pobre, trabalhara como um mouro a vida toda, dedicara-se de corpo e alma ao bem do Brasil e só com muito sacrifício podia, talvez, dar um jeito.

Pediu um tempo, chamou Fonsequinha, seu secretário particular. Examinaram as contas bancárias do governador, fizeram cálculos, Fonsequinha começou a suar, volta e meia olhava para Paulo, ora para o Barão, até que o governador decidiu:

— Muito bem, doutor Paulo Campos, o Fonsequinha, meu secretário, vai aos bancos, vai raspar minhas contas, daqui a duas horas o senhor terá os duzentos contos de réis. Farei mais este sacrifício pela minha pátria, pelo povo brasileiro, que merece muito mais.

Duas horas depois chegou o Fonsequinha com a mala, que, sendo uma ancestral de malas futuras, já era preta. O governador perguntou se não queriam contar. Paulo e o Barão ficaram ofendidos, de jeito algum etc. etc.

Só pediram licença para telefonar, queriam falar com o Rio, avisar que a oficina poderia funcionar naquela noite, com a manchete já garantida: "Governador de Minas é candidato à Presidência da República!" Um furo, um estupor na vida nacional! Antes de ir a Belo Horizonte, eles já haviam paginado a biografia do novo candidato e um programa mínimo de governo. Era só dar o telefonema e a engrenagem começaria a funcionar.

Nada mais problemático do que a telefonia interestadual naquele tempo. Mas o governador empenhou-se pessoalmente em ajudar os jornalistas, meia hora depois foi feita a ligação. Chamaram o pai. Aos berros, Paulo Campos declarou que a pátria estava salva. A ligação caiu e o pai entendeu que o que estava salva era a folha de pagamento. Ou talvez imaginasse que, na presença do governador, falassem em sentido figurado, a pátria salva era a pátria mesmo, o Brasil como um todo, a folha de pagamento da oficina inclusive.

Não foi possível outra ligação, os dois jornalistas se despediram, deixando combinado que na semana seguinte o governador iria ao Rio para dar os últimos retoques no lançamento de sua candidatura. Que Sua Excelência deixasse com eles a responsabilidade de arranjar um partido para a empreitada da salvação nacional, eles conheciam agremiações descontentes com as candidaturas já lançadas, e se nenhum partido compreendesse os altos desígnios da cruzada patriótica, fundariam um partido especificamente para apoiar o governador de Minas e dele fazer o novo presidente da República.

O Palácio da Liberdade já fechava as portas. Fonsequinha arranjou um carro de chapa branca que levasse os jornalistas à estação da Central. O diabo é que o noturno para o Rio partia às dez horas da noite e eram apenas seis e meia da tarde.

Na estação, o movimento ainda era pouco. Nada havia a fazer. O Barão segurava a mala preta e queixava-se de fome e sede. Afinal, na emoção dos acontecimentos, eles não haviam almoçado. E o governador, embalado na mesma emoção, no mesmo transe histórico que acabara de viver, tampouco se lembrara de oferecer uns sanduíches, um cafezinho.

Para matar o tempo, tentaram telefonar novamente para o Rio, a fim de transmitir instruções mais claras ao pai. Se dentro do palácio do governo era difícil a ligação, em telefone de estação ferroviária seria impossível. As linhas estavam imprestáveis.

Se não havia telefones que prestassem, havia um bar que parecia prestar, um bar até que caprichado para a modéstia de uma estação da Central. Duas altas estantes forrando as paredes principais, estantes entupidas até em cima de bebidas, desde as importadas até as excelentes cachaças de fabrico mineiro, cachaças notáveis, rivais das pingas de Pernambuco, melhores do que as de Campos, não era à toa que Minas, apesar de ser estado leiteiro, produzia mais cachaça do que leite.

Os dois começaram a beber, segundo depoimento feito pelo Barão, anos depois dos acontecimentos, exatamente às sete horas.

No Rio, àquela mesma hora, o pai tomara as providências necessárias. Descera à oficina e declarara que o pagamento estava garantido, o dr. Paulo Campos estava vindo de Belo Horizonte com o dinheiro da folha, dos atrasados e de um abono para compensar os transtornos causados. Os gráficos estavam decididos a manter a greve, um deles, que assumira o comando da situação, foi claro:

— Primeiro a grana. Depois o trabalho!

O pai havia recebido o salário da Prefeitura e o de *O Paiz*. Aquele dinheiro deveria durar até o mês seguinte. Fez o exame da situação e descobriu que podia dar um pequeno vale de adiantamento do próprio bolso, no dia seguinte Paulo Campos o reembolsaria. Propôs pagar naquele momento dez mil-réis para cada um, os gráficos se olharam, pediram tempo para consultas internas, cinco minutos depois o porta-voz deles declarou que todos voltariam ao trabalho.

O pai ficou reduzido — de acordo com o relato que manteve até o fim da vida — a míseros dois mil-réis. Mal daria para ir até em casa, deixar o dinheiro do pão e do leite e voltar ao trabalho.

Removidas as pesadas capas que cobriam as linotipos, revisada e engraxada a velha rotativa (parada havia dois dias), a edição começou a rodar com as notícias miúdas. O pai agarrou-se ao telefone, esperando que da linha telefônica viesse também a linha do artigo de fundo, a manchete, o tom geral da edição.

Enquanto isso, Paulo Campos e o Barão enchiam a cara, jucundos, exuberantes. Falavam alto, diziam que Minas mais uma vez salvaria o Brasil, que o governador decidira se candidatar, que todos bebessem por conta dele, para brindar a nova era que chegaria para a nação.

Aí por volta das 22h, o Barão subiu na mesa e gritou para os passageiros que restavam nas plataformas, esperando os trens suburbanos:

— Venham! Venham beber por conta do ínclito governador deste estado!

O pessoal foi entrando. Como a bebida era farta e realmente grátis, o porre foi geral.

Às 22h15, quando o chefe da estação começou a armar a composição que formaria o noturno daquela noite, o bar estava entupido e havia mais gente para entrar. O Barão subiu novamente na mesa e lançou o grito de guerra:

— Fechem as portas!

Foi obedecido. Fecharam as portas e esvaziaram as prateleiras. Alguns conseguiram ir para casa. Outros não. Paulo Campos e o Barão juntaram algumas mesas e dormiram em cima, o coração leve, a noite ganha.

Amanheceu em Belo Horizonte e as portas do bar da estação ainda estavam fechadas. Dois policiais invocaram a lei e obrigaram a que uma das portas fosse aberta pelo menos até a metade.

Lá dentro, acordaram os retardatários. O dono do bar montava guarda ao lado dos dois forasteiros que tinham promovido a bebedeira geral. Exigia o pagamento das bebidas e dos prejuízos, havia cadeiras quebradas, espelhos espatifados, a conta seria altíssima.

O Barão abriu a mala: estava vazia.

Iniciou-se complicadíssima negociação entre as partes interessadas. Por volta das 10h os dois jornalistas tinham convencido o dono do bar mineiro e os guardas também mineiros de que eram pessoas de respeito, conhecidíssimos no Rio, dono e gerente de jornal de grande circulação nacional etc. etc.

Ali estavam em missão ainda secreta mas que já fora revelada e brindada durante o porre: o governador de Minas seria candidato à próxima sucessão presidencial. Só precisavam dar um pulo em palácio, a fim de buscar o dinheiro para pagar despesas e prejuízos.

Logo estariam de volta, mesmo porque precisavam pegar o noturno daquela noite. Não havia por que duvidar da palavra e das intenções deles.

Os guardas receberam com cautela a explicação, olhavam um para o outro, desconfiados e desconfiando de que tinham um caso complexo a resolver. Um deles perguntou:

— Qual a garantia?

Foi a vez de Paulo Campos ficar espantado:

— Garantia de quê?

Os dois guardas olharam para o Barão:

— De que esse cavalheiro é mesmo barão.

O próprio Barão resolveu o problema:

— Não seja por isso, aqui está o meu cartão de visita.

O cartão estava sujo, amarrotado, mas dava para se ver uma coroa encimando duas torres, um leão em pé e duas espadas cruzadas. Embaixo da coroa e do escudo, em caixa alta, título e nome do Barão.

Os guardas ficaram mais desconfiados ainda mas não podiam ir contra as evidências. Autorizaram a que os dois voltassem ao governador.

A nova conversa em palácio foi dificílima. Moral lá embaixo, os dois explicaram com o máximo de sinceridade que, na véspera, fatigados, sentaram-se num banco depois de terem devorado um bife acebolado com fritas. O cansaço e a emoção, mais a digestão da refeição tão tarde — eles haviam cochilado o tempo suficiente para serem roubados. A mala — a mesma mala preta — estava vazia.

Expunham o problema com lealdade. Uma fraqueza humana: o cansaço, a fome, o cochilo. Mas o importante estava salvo, lá no Rio a máquina começara a rodar, a engrenagem já estava funcionando. Naquela manhã mesmo, o jornal já devia ter saído com a manchete devastadora.

O governador obtemperou, não, não saíra nada, a manchete do jornal era estranha, não falava na candidatura dele. Chamou o Fonsequinha, que havia tomado nota da mesma,

Fonsequinha leu a manchete: "Casal de amantes barbaramente esfaqueado!"

Paulo Campos e o Barão se entreolharam, mas tinham desculpa para tudo, a linha telefônica na véspera estava ruim, o redator de plantão não entendera a coisa, mas a partir de amanhã tudo entraria nos eixos. O diabo era a oficina...

O governador declarou que estava a zero, raspara tudo, todas as suas economias, as suas e as da mulher, pegara até empréstimo num agiota para completar a quantia. Mais não podia dar.

Foi quando o Barão lançou a palavra que estava por cima das cabeças e intenções:

— E o orçamento estadual?

Não, de jeito algum, o governador não poderia lançar mão desse recurso, desviar o dinheiro público para um projeto pessoal, ao longo de uma sólida carreira a serviço da lei e do povo, jamais tocara num tostão do erário estadual.

O Barão fez cara desolada. Com grandes palavras e gestos, Paulo Campos louvou a probidade do governador, mas... o interesse da nação falava mais alto naquela hora. O que seria uma pequena investida no orçamento de Minas se se tratava de impedir que administradores menos probos fizessem maior e irreparável devastação no orçamento nacional?

Fonsequinha, que havia se esquecido de sair da sala e ali ficara para se inteirar das novidades, também botou lenha na fogueira. E como era o chefe do gabinete, por suas mãos passavam as verbas, os empenhos, enfim, Fonsequinha lembrou que ainda repousava no Tesouro estadual, desde o exercício passado, a verba da merenda escolar e o salário das professoras, verbas intactas, além de outras pequenas dotações que poderiam esperar, como a indenização à família que tivera a casa destruída por uma ponte estadual que desabara em cima dela, questão judicial que se arrastava havia anos e que podia esperar outros tantos.

Somadas as verbas, os empenhos, as indenizações, formou-se a bolada, a mala ficou cheia novamente e os dois partiram para a Central. Desta vez, mais para prevenir um novo desastre do que por piedade, o governador mandou que Fonsequinha providenciasse um lanche, os dois garantiram que iriam diretamente para a plataforma e esperariam o noturno, houvesse o que houvesse.

Chegaram à estação aí por volta das 19h. A plataforma destinada ao trem noturno estava deserta, os passageiros dos subúrbios andando apressados em outras plataformas, buscando os trens que serviam a periferia da capital mineira. Uma gente triste, opaca.

Volta e meia um trem apitava, aquele apito pungente das velhas marias-fumaças. Paulo Campos e o Barão sentiram desabar sobre eles a melancolia das partidas — e nem se lembraram de telefonar para o Rio, a fim de dar instruções. Além do mais, o Barão declarou que estava com sede, sede infernal da ressaca da véspera. Olharam-se.

— Um trago só! — aconselhou Paulo Campos.

— Um só! — concordou o Barão.

Exatamente às 20h30, ouviu-se o brado de guerra do Barão, em cima da mesa, muito vermelho, o copo na mão, os olhos moles e felizes:

— Fechem as portas!

Desta vez, além do dinheiro, tiveram roubados os sapatos e os paletós. Amanheceram deitados no chão, sujos, sem entender o que se passara. O dono do bar — que parecia ter previamente tirado o dele antes da bebedeira, pagando-se dos prejuízos e despesas da véspera — estava começando a achar um grande negócio a história da candidatura do governador. Juntara sua voz à dos fregueses, vivara o governador, vivara Minas, vivara o Brasil.

Não chamou a polícia. Limitou-se a exigir que pagassem as novas despesas e os novos prejuízos. Ofereceu um banheiro para que os dois pudessem se arrumar, lavar o rosto, fazer a barba. Um dos garçons foi à sapataria mais próxima comprar sapatos. Quanto ao paletó, bem, eles estavam numa emergência, o governador entenderia.

O governador custou a entender. Mas também, que diabo, a notícia já transpirara. Mesmo sem a manchete que o pai, no Rio, não conseguira dar, o universo político de Minas se agitava, entrara em ebulição, acordos eram ameaçados, metade do partido oficial já abandonara a candidatura de Júlio Prestes, metade da oposição estava pronta para largar a candidatura de Vargas, Minas unida seria invencível, havia exemplos, Artur Bernardes, Venceslau Brás, Afonso Pena, mais uma vez Minas estaria sempre onde esteve.

Coçando a cabeça, preocupado, o governador fazia aquilo que o Eça de Queirós chamava de "palpar a caveira". Já raspara suas economias pessoais e as da mulher, já raspara as verbas disponíveis e até as indisponíveis, avançara pelo orçamento que deveria deixar ao sucessor, no próximo ano, e ficava sem a candidatura, sem a manchete nacional que faria o Brasil tremer.

— É o diabo, Fonsequinha, é o diabo!

A essa altura, tratava os dois jornalistas do Rio como deviam ser tratados: dois infelizes que nada tinham a declarar ou a pleitear. Só não os mandava para a cadeia porque, afinal, eram depositários de um segredo de Estado.

Mais uma vez Fonsequinha salvou a lavoura. Literalmente. O Banco Regional Oeste da Lavoura pleiteava o perdão de dívidas, coisas que vinham do início da República, que rolavam desde os tempos de Floriano, papéis viciados que andavam de banco em banco, o contencioso do Estado sempre fazendo acordos para não receber o que lhe era devido.

Fonsequinha sugeriu uma convocação, em meia hora o presidente do banco estava com o governador. A dívida, já passada em julgado em todos os tribunais do estado e da União, chegava a cinco mil contos de réis, só no principal. Com juros, multas, emolumentos e despesas cartoriais, ia a oito, nove mil contos. Era uma fábula, coisa que realmente jamais seria paga.

O governador explicou ao presidente do banco que estava numa emergência, precisava de duzentos contos, uma ninharia, em troca da ninharia ele não poderia perdoar a dívida, mas a deixaria de bom grado para ser cobrada pelo sucessor, dali a dois, três anos.

Novamente a mala foi cheia com as imensas cédulas de quinhentos mil-réis, que traziam a efígie do marechal Deodoro no medalhão central de um dos lados, e, no outro, a cara da República com o barrete frígio de praxe.

Os dois jornalistas iam pegando a mala mas o governador foi mais rápido. Segurou a mala, chamou Fonsequinha e deu instruções:

— Fonseca, convoque dois ajudantes de ordens da Força Pública, peça que eles viajem de carro até Lafaiete, onde o noturno faz a primeira parada ainda em território mineiro. Lá será entregue a mala a esses dois cavalheiros.

Os dois cavalheiros não reclamaram. Pelo contrário, louvaram a sábia decisão do governador. Só pediram o obséquio de ligarem para o Rio, eles imaginavam que o pai, àquela altura, devia estar desesperado, embora ignorasse que estava arruinado também. O vale que ele dera esgotara o prazo de boa vontade da oficina, todos pararam novamente, o pai até arranjara uma bela manchete sobre a família que fora envenenada pela carne comprada no mesmo açougue da rua do Catete que abastecia o palácio presidencial.

Tanto Paulo Campos como o Barão não se entusiasmaram com a manchete, estavam e continuaram de veia murcha, garantiram que o dinheiro chegaria na manhã seguinte e tudo se resolveria.

Foram para a estação, portaram-se espartanamente, beberam apenas água magnesiana — à qual o Barão atribuía uma antiga úlcera no duodeno —, o noturno saiu no horário e no horário chegou a Lafaiete.

Lá estavam, na plataforma deserta àquela hora da noite, os dois ajudantes de ordens do governador, a mala preta escondida pela enorme capa que os oficiais usavam — o frio de Minas era cortante no descampado da estação ferroviária.

As mãos aflitas do Barão vieram para fora do vagão.

— Aqui! Aqui!

Entregue a mala, os dois oficiais da Força Pública de Minas Gerais bateram continência e se retiraram. O Barão, apesar de não estar bêbado, ia fazendo um discurso, agradecendo a eficiência daqueles oficiais, dignos descendentes de Tiradentes, que também pertencera à mesma Força Pública.

Paulo Campos havia deixado de confiar no Barão e, embora confiasse ainda menos em si mesmo, exigiu que a mala ficasse sob sua guarda. Esperaram que o noturno partisse.

A parada seria de cinco minutos. Passaram-se dez, 15 minutos, e a máquina resfolegava lá na frente, sem sair do lugar.

Um passageiro saltou e, em missão dos demais, foi saber o que se passava: quebrara-se uma biela da locomotiva, o maquinista já mandara aviso para Belo Horizonte, pedindo nova máquina. A operação demoraria um pouco, esse pouco, na Central do Brasil e no Brasil em geral, significava na melhor das hipóteses a noite inteira.

O pequeno bar da estação de Lafaiete estava fechado desde as 18h. Nada mais havia por perto, a cidade propriamente dita ficava longe.

A ordem veio mais uma vez do Barão. Sóbrio, já na plataforma, à frente de alguns passageiros desorientados, muitos deles desejando rebater o frio de Minas com uma boa cachaça, deu ordem contrária à das duas noites anteriores:

— Abram as portas!

Cinco minutos depois, as portas eram abertas.

O resultado de tudo isso foi que o pai, além de ficar sem salário aquele mês, logo depois ficaria sem emprego. Com a vitória de Júlio Prestes, a Aliança Liberal que lançara Getúlio Vargas sentiu-se roubada e passou a contestar a lisura das eleições, daquela e das anteriores de toda a República Velha. Vargas não queria conspirar mas aceitou a ideia de uma revolução, de "um prélio terrível das armas" — no dizer de um tribuno da época e da circunstância.

O presidente Washington Luís, acusado de ter favorecido Júlio Prestes, foi deposto, partiu para o exílio, para o exílio partiram Júlio Prestes e toda a cúpula de carcomidos que apoiara o Catete, Getúlio chegou ao Rio, o povo botou fogo no jornal em que o pai trabalhava e empastelou outros jornais da situação, inclusive o que tentara lançar o governador de Minas como solução que apaziguasse os espíritos.

O que importou ao pai foi que, tendo na ocasião emprego em dois jornais, de repente ficou sem nenhum.

Capítulo 16

Essa história me veio toda, em detalhes, tantas vezes foi contada pelo pai, por outros jornalistas. Ampliada aos poucos, penetrou no anedotário da época, no folclore das redações, é possível até que já tenha sido contada em jornal ou livro. Evidente que, em caso de outras versões, dou preferência à versão do pai — que, apesar do sufoco, conseguia achar graça em tudo e considerava Paulo Campos e o Barão personagens excepcionais, que mereceriam um nicho na história da imprensa brasileira.

Olhando agora em cima da minha mesa, e lembrando o pacote igual que ele levou de seu armário na Sala de Imprensa, cheguei a pensar na hipótese que, à primeira vista, me parece provável. Ele sempre ameaçava contar a história da candidatura do governador mineiro, os porres do Barão, a picaretagem do Paulo Campos, a esqualidez dos jornais naquele tempo.

Por duas ou três vezes o surpreendi na escrivaninha onde guardava seus mistérios lá em casa. Com o lápis de sempre, nas compridas tiras do papel que sobrava da velha Marinoni do *Jornal do Brasil,* parecia escrever um texto comprido, que não podia ser o expediente da Prefeitura nem as matérias que fazia para outras seções do jornal.

Perguntei duas ou três vezes o que era aquilo, ele disfarçava, dizia que era encomenda que recebera da Biblioteca Municipal, do Maciel Pinheiro, um histórico do antigo prédio onde se situara a velha Prefeitura dos tempos de Pedro Ernesto e que fora demolido para dar passagem à avenida Presidente Vargas.

Mentira. Ele não tinha um apontamento, uma nota, uma ficha de arquivo, nada. Não podia tirar apenas da memória uma história complexa como a de um prédio daquela importância, num momento importante para a urbanização do centro da cidade. Naquelas noites lá em casa, só podia estar escrevendo uma história que saísse dele mesmo e da qual houvesse participado.

Não haveria motivo para fazer mistério em torno de um caso que ele era o primeiro a contar, embora com outras palavras e com outro sentido. No fundo, estava seguro de que o dono do jornal, assessorado pelo Barão, nutria saudáveis propósitos de salvar o país por meio da candidatura do governador mineiro. Se o plano dele tivesse vingado, o Brasil teria conhecido melhores dias, não passaria pela bagunça que fora a Revolução de 1930, nem pela ditadura que logo se seguiu.

E agora essa hipótese me varou — estava havia horas sozinho, na minha sala, no edifício deserto, olhando um embrulho que eu recusava abrir.

"E se ele tivesse guardado um texto, sobre a candidatura do governador mineiro ou sobre outra história qualquer, se tivesse guardado esse texto a vida inteira e encarregasse algum amigo de me enviar o manuscrito, dez anos depois de sua morte?"

Evidente que não seria um texto sobre um episódio banal, do qual somente participara como coadjuvante. As aventuras de Paulo Campos e do Barão não justificariam tamanhas precauções: escrever, guardar, escolher um amigo, uma pessoa de confiança para, dez anos depois de sua morte, fazer chegar esse texto a alguém que pudesse dele tomar conhecimento e, quem sabe, publicá-lo.

Não fazia o gênero dele. Mas, em se tratando dele, tudo é possível. E não sendo a história da candidatura do governador mineiro, que história seria? Ele não apreciava a ficção escrita, preferia a oral e era mestre em sua arte e em seus encantos. Se decidisse abdicar do relato oral para escrever um texto sobre alguma coisa, não seria uma história qualquer, mas um desabafo que, na vida real, no dia a dia de seu tumultuado viver, ele conseguira esconder dos outros e de si mesmo.

Olhando o embrulho em minha mesa, procuro um departamento, um setor, uma gaveta de sua vida que não fosse clara, iluminada pelo seu formidável apetite de viver.

Sim, havia um, nunca mencionado por ele, nunca mencionado diante dele: o tique nervoso que o acompanhava desde a juventude.

Sozinho aqui na sala, com a pequena luz que vem do hall iluminando o embrulho, nesse ambiente irreal, postiço em meu cotidiano, me lembro de um pequeno, um breve olhar que ele mandou para meu avô materno, um olhar que não chegou a ser hostil, mas não era o olhar guloso e solidário com que ele via a vida, as pessoas.

Talvez tenha sido este o único momento em que o pai mostrou um olhar embaciado, sem o brilho que iluminava a sua curiosidade, a sua vontade de ser e estar no mundo.

E foi meu avô materno que recebeu esse olhar, essa vacilação. O mais estranho é que nem o olhar, nem a vacilação foram motivados por ele, avô, nem propriamente endereçados a ele, de quem o pai gostava e com o qual se identificava em muitos lances e circunstâncias.

Tudo começou na noite em que, depois do jantar, o pai no jornal, minha mãe preparando-se para dormir, alguém bateu o portão do jardim que dava para a rua. O pai tinha um jeito especial de bater o portão. Não, não era ele. Tampouco esperávamos alguma visita.

Minha mãe, que lia os romances em fascículos que vinham dentro do *Jornal das Moças*, proferiu a frase que já devia ter lido centenas de vezes:

— Quem será que bate a essas horas da noite?

Era o pai dela, meu avô materno, Horácio Dias de Moraes.

Entrou pela nossa sala como se a casa fosse a dele. Eu gostava de sua cabeleira branca, seu bigode branquíssimo, seus olhos azuis — pelo que me lembro, era o único parente próximo que tinha olhos azuis.

Vinha com uma pequena maleta, sinal de que decidira ficar uns dias conosco. E seu enorme capote verde-escuro, capote de ferroviário, de ex-chefe de estação de Barra do Piraí, estava aberto, deixando ver a calça do pijama, embora estivesse vestido formalmente da cintura para cima, camisa, gravata, paletó.

Minha mãe não se escandalizou com aquele vestuário, parecia que ela sabia o motivo pelo qual o avô viera com a calça do pijama.

Excitado com a presença dele, não consegui dormir e ouvi as conversas que vararam a noite, pois o pai logo chegou e eu fiquei sabendo do que se tratava.

O avô estava doente, alguma coisa nos rins, não aguentava mais o tratamento caseiro a que se habituara em Barra do Piraí, vinha para o Rio, para a casa da filha, era irmão da Venerável Ordem Terceira de São Francisco de Paula, na Tijuca, que naquele tempo mantinha um dos melhores hospitais da cidade.

Foi o início de várias peripécias que tumultuaram nossa rotina, bagunçaram nosso cotidiano e que nem sequer terminaram com sua morte, meses depois.

E como qualquer alteração em nosso cotidiano representava novidade para meus lados, naquela noite mesmo comecei a dormir no sofá da sala, pois meu quarto foi destinado ao avô, minha cama ficou para ele e nela morreria Horácio Dias de Moraes.

Antes, porém, houve muita coisa.

Não era um estranho para mim. Na infância mais profunda, eu convivera com ele. Em Icaraí, ele passava tempos conosco, gostava de me levar à praia, apanhava bastante sol que, queimando-lhe o rosto, fazia um belo contraste com seus cabelos brancos e seus olhos azuis.

Fora personagem de uma história que talvez tenha sido inventada ou certamente ampliada pelo pai. Ouvia-a diversas vezes e como o pai tinha por hábito variar os relatos de acordo com o tempo, o horário e o auditório, conheço duas ou três versões dela, mas ficarei num eixo que pode ser o resumo, o chassi do caso inteiro.

Em 1922, por ocasião das comemorações do I Centenário da Independência, o governo de Epitácio Pessoa convidara o rei Alberto, da Bélgica, a visitar o Brasil. Por baixo da visita havia um interesse econômico, instalação de forjas que começavam a fabricar, em escala e dimensão reduzidas, nossos primeiros aços.

Se o clima do país já estava assanhado com as festas do Centenário, ficou assanhadíssimo com a vinda de um rei europeu, neto da rainha Vitória, que durante a Primeira Guerra

Mundial ganhara o apelido de "Rei Soldado". Visitara algumas enfermarias durante as batalhas — e isso lhe valera o título glorioso.

O programa do rei Alberto seria cumprido no Rio e em São Paulo. Para deslocar o soberano de uma cidade para outra foi necessário comprar um trem especial, dos melhores modelos da época. Perto das carroças que serviam a Central do Brasil, era um luxo, um palácio sobre os trilhos.

A primeira parte do programa da visita, no Rio, foi feita sem incidentes, o rei conheceu escolas, monumentos, recebeu e prestou homenagens.

A ida para São Paulo no trem especial estava marcada para as 21h. Antes de recolher-se à sua cabine, o soberano faria uma ceia no carro-restaurante e iria para seu vagão, onde descansaria até a chegada à capital paulista.

O trem faria uma única parada: em Barra do Piraí, tronco ferroviário mais importante da Central, pois era ali que os trilhos se bifurcavam, indo os trens vindos do Rio alguns para São Paulo, outros para Belo Horizonte. O pai costumava dizer que, em caso de guerra, bastaria ao inimigo ocupar Barra do Piraí e o Brasil ficaria perdido, sem comunicações entre as três cidades principais.

Tanto o governo da Bélgica como o do Brasil tomaram providências para evitar atentados ou constrangimentos. Afinal, a Primeira Guerra Mundial tivera como pretexto o atentado ao arquiduque da Áustria, seria ridículo ter início outra guerra mundial por causa de um atentado ao rei da Bélgica em Barra do Piraí.

A parada seria de apenas cinco minutos, o suficiente para mudar a locomotiva. Do Rio até lá havia a serra do Mar, cheia de curvas, os trens precisavam das locomotivas mais possantes, embora mais lentas. De Barra do Piraí até São

Paulo o leito da estrada era plano, as locomotivas podiam ser menos fortes, embora mais rápidas.

Isso tudo foi explicado ao rei e à sua comitiva. Perguntaram se ele queria alguma homenagem em Barra, o rei dispensou, deveria lá chegar por volta da meia-noite, estava esbodegado de tantas cerimônias, de tanto protocolo, gostaria de estar dormindo àquela hora e naquele local.

Os organizadores do programa se limitaram a providenciar uns soldados para isolar a estação, a fim de impedir a aproximação de qualquer elemento indesejável. Na plataforma, só ficaria o seu chefe, Horácio Dias de Moraes, meu avô, e os maquinistas que iriam proceder à mudança da locomotiva.

O pai guardou durante muitos anos o recorte de uma entrevista do rei Alberto publicada no *Corriere della Sera*, onde o soberano dos belgas narrava sua viagem ao Brasil, suas emoções, análises e prognósticos.

O jornalista que o entrevistou quis saber qual tinha sido o momento culminante, a *finest hour* de tão importante peregrinação, um soberano europeu, neto da rainha Vitória, o Rei Soldado dos campos de batalha perdido na imensidão dos trópicos. Alberto I limpou os óculos sem aro que usava, fixou um ponto do seu gabinete no Palácio Real e começou:

— Tive muitas, encantadoras emoções. O generoso povo brasileiro recebeu-me de braços abertos, homens, mulheres e crianças aglomeravam-se nas ruas para me saudar. Contudo, o momento mais emocionante, o que mais perturbou — aqui ele tossiu um pouco, pois fora realmente um momento perturbador — deu-se de forma inesperada, quase brutal. Deslocava-me eu do Rio para São Paulo, as duas cidades mais importantes do país e que distam, uma da outra, o equivalente a uma noite em viagem de trem. O comboio era moderno, estava sendo inaugurado na ocasião, todos os confortos que desfrutamos aqui na Europa ali estavam, multiplicados pela simpatia e pela cordialidade dos brasileiros. O trem saiu da gare do Rio, fiz uma ligeira ceia no vagão-restaurante e recolhi-me à cabine, precisava descansar, teria no dia seguinte uma série de solenidades a presidir. Ainda no Rio, o pessoal do Ministério das Relações Exteriores avisou-me que o trem faria breve parada numa estação entre as duas cidades, uma parada técnica, para as locomotivas serem trocadas. Perguntaram-me se desejava uma recepção, crianças dos grupos escolares, soldados, povo em geral, mas àquela hora da noite qualquer cerimônia seria inconveniente, sobretudo para as crianças. Declinei da homenagem, declarando que preferiria descansar para a jornada do dia seguinte. E assim foi feito. Eis que são insondáveis os desígnios de Deus e do destino! Estava eu recolhido em minha cabine, no leito que era confortável. Mas a estrada fazia muitas curvas, volta e meia havia um sacolejão, eu ainda não conseguira dormir, ficara naquela sonolência pesada, quando senti que o trem parava. Deixara a cortina da cabine entreaberta, gosto de ver a noite quando viajo, as luzes que piscam no campo. Dei uma olhada e verifiquei que a plataforma estava deserta. A luz de um lampião, no final da estação, iluminava a cabine. Com o trem parado, sem os sacolejões e sem as curvas da estrada, achei que poderia aproveitar a pausa e pegar no sono, pois me sentia deveras fatigado de tudo, inclusive daquela viagem de trem. No entanto — o rei novamente olhou um espaço imponderável no teto do Palácio Real —, aconteceu um fato inusitado, do qual custei a me recuperar e, até agora, tantas semanas depois, ainda me emociona e me enche de perplexidade. Senti que alguém mexia na porta de minha cabine. Pensei que algum secretário ou ajudante de ordens, apesar de haver pedido que não me incomodassem durante a noite, quisesse saber se eu precisava de alguma coisa. Mas não. Entrou-me pela cabine um homem de altura mediana, envolto num imenso capote, a luz que vinha de fora do trem iluminou-lhe apenas os cabelos brancos. Esse homem invadiu a cabine, aproximou-se do leito onde, espantado, trêmulo, por instantes cheguei a temer um atentado. Esse homem, repito, chegou-se mais e mais e... — aqui o rei olhou o mais longe possível o ponto imponderável do teto de seu real palácio — ...e esse homem ajoelhou-se à beira do meu leito, tomou-me as mãos e as beijou respeitosa e afetuosamente.

Tal era a versão que o rei dera ao encontro em Barra do Piraí e que o pai cortara do jornal italiano, pedira tradução literal ao amigo e capitão Giordano, de Caporetto. Gostava de mostrar a entrevista aos amigos e visitantes. Era um deslumbramento. Pois esse homem de cabelos brancos, de pesado capote noturno, era seu sogro, Horácio Dias de Moraes.

Sempre que os dois se encontravam, o pai queria ler para ele a entrevista do rei Alberto, mas meu avô se recusava a ouvir, rosnava uns palavrões, dizia que o rei era um pulha, um canalha e um mentiroso. A versão do avô era um pouco diferente.

Realmente, o trem real parara em Barra do Piraí, o rei estava em sua cabine, esbodegado de sono, querendo dormir sem conseguir, o leito da Central, já naquele tempo, vivia em petição de miséria, nem os molejos do vagão-dormitório mais moderno dariam sono confortável ao soberano dos belgas.

Também era verdade que o pátio da estação, por ordem do governo brasileiro, ficou vazio, somente os manobreiros da locomotiva lá na frente e, na plataforma, somente o chefe da estação, ele, Horácio Dias de Moraes, estaria autorizado como funcionário do governo a zelar pela segurança e bem-estar do real visitante.

Fazia frio, Barra está uns quinhentos metros acima do nível do mar. Vestira seu grosso capote esverdeado — o mesmo que usava na noite em que entrou pela nossa sala. Tão logo o trem parou, ele verificou se as manobras lá na frente estavam se processando, e, um minuto antes de o trem partir, entrou no vagão destinado ao rei.

Dois oficiais, um brasileiro e um belga, o viram entrar. Mas sabendo que aquele era o chefe da estação, continuaram no fundo do corredor, imaginando que se tratava de inspeção rotineira nos equipamentos do vagão.

Com sua mão forte, ele abriu a porta, aproximou-se do leito real. À luz que vinha do lado de fora, viu o soberano de camisola e gorro de dormir tentar levantar-se, temendo o punhal assassino que mancharia Barra do Piraí com o sangue de um descendente da rainha Vitória.

Naquele instante, o rei deve ter pensado que, sofrendo um atentado tão traiçoeiro, seus primos, cunhados e consanguíneos em toda a Europa logo providenciariam uma nova guerra mundial, uma guerra terrível, letal, que lavasse a afronta e o crime de Barra do Piraí. Ele, rei, entraria na história, embora associado a Barra do Piraí. Nada é perfeito.

Temeu em vão. Horácio Dias de Moraes se aproximou, deu as costas para o rei apalermado dentro de sua camisola, coberto pelo gorro, levantou o pesado capote esverdeado, capote de ferroviário da Estrada de Ferro Central do Brasil, arriou as calças e mostrou-lhe a bunda.

O próprio Horácio Dias de Moraes gostava de imaginar a cara apatetada do rei, contemplando aquela bunda branca e enigmática, iluminada pela luz de um distante lampião de estação ferroviária, nas profundezas de Barra do Piraí.

Em sua mocidade, Horácio Dias de Moraes fora anarquista, namorara uma dançarina basca que se exibia no Gran Circo Vale do Paraíba, disputava essa basca com um domador de feras também basco que era anarquista e que ensinou a Horácio Dias de Moraes o lema que fazia sucesso: "Enforcar o último rei com as tripas do último frade."

Frades havia muitos em Barra do Piraí, até demais. Mas Horácio Dias de Moraes não conseguia, apesar de ter tentado diversas vezes, odiar os frades. Desprezava-os e achava que isso era o bastante.

Mas um rei era outra coisa. E que rei! Um neto da rainha Vitória, o Rei Soldado, o Soberano dos Belgas! Ele não teria tão cedo outra oportunidade, um rei daqueles, ali em Barra do Piraí, em sua estação.

Nos dias seguintes contou para os amigos mais chegados a real história do seu real encontro, alguns acreditaram, outros não. Como não era homem de discursos e palavras, achou que fizera sua obrigação e deu-se por pago: a vida lhe dera uma oportunidade e ele a aproveitara.

Quando o pai se referia ao recorte do *Corriere della Sera*, ameaçando ler pela centésima vez a entrevista do rei Alberto, o avô saía de perto para não desmentir o rei e para não constranger meu pai. E assim procedeu enquanto teve saúde.

Saúde que começou a fraquejar naquela noite, quando entrou pela nossa sala, com seu capote esverdeado de ferroviário, sua maleta, seus cabelos brancos, seus olhos azuis um pouco espantados, olhos que sabiam estar próximo o fim.

Capítulo 17

Irmão da Venerável Ordem Terceira da Penitência, o avô foi levado pelo pai ao hospital que a irmandade mantinha, na Tijuca, naquele local onde os bondes faziam a muda de carros para subirem até o Alto da Boa Vista e, por isso mesmo, ficou se chamando Muda da Tijuca.

Era, na época, o hospital mais suntuoso do Rio. Ali estivera, preso por Vargas, mas já doente de câncer, o prefeito Pedro Ernesto, amigo do pai e seu compadre, pois batizara o meu irmão caçula justo no período em que, já ex-prefeito, estava recolhido na Casa de Detenção, onde o governo metia os comunistas e os suspeitos de o serem.

Pedro Ernesto era um deles, sua prisão revoltou a cidade, o pai criou um problema para as autoridades alegando que ele precisava sair de lá para o santo sacramento do batismo, na igreja de Santo Antônio. O governo tentou negar a autorização, mas Pedro Ernesto ainda não fora condenado regularmente, a prisão era uma violência mesmo num regime de arbítrio, deixaram que ele saísse para ir batizar o filho do amigo, houve manifestação popular à porta da igreja e à porta da Casa de Detenção. Para evitar outros batismos, encomendados ou não, a polícia de Vargas achou melhor interná-lo no Hospital da Ordem.

E foi para lá que o pai levou o avô. Horácio Dias de Moraes fez uns exames, ganhou um quarto, mas dois dias depois fugiu, com seu capote esverdeado de ferroviário escondendo o pijama do hospital. Preferiu ficar em nossa casa, em meu quarto, em minha cama.

Com a presença dele, com a doença dele, tínhamos visitas todos os dias e quase a todas as horas. Era um desfile de parentes, muitos dos quais eu não conhecia, e de conhecidos, amigos, amigos de parentes, uma procissão.

O pai se desdobrava para administrar aquele caos, nunca o vi tão agitado, tão exato no cumprimento de seus deveres de genro e hospedeiro.

Mas houve aquela tarde, de domingo parece, em que, pela única vez na vida, senti nele um troço estranho, um olhar vago, sem luz, e um olhar sem luz, nele, equivalia a um olhar mau, a um sentimento amargo. Talvez a um ódio antigo, já domesticado.

Meu avô tinha um irmão mais moço que era deputado federal pelo estado do Rio. Fizera fortuna administrando os bens de um conde muito rico que deslumbrava o Rio dos anos 1920. O tio Alberico era baixinho, usava colarinho duro, deixara o cabelo crescer, vasta cabeleira, cabelos brancos dos Moraes.

Uma tarde, certamente de domingo, que era o dia em que tio Alberico aparecia, o avô sentiu-se melhor, chegou a sair do quarto e sentou-se na cadeira de balanço da sala de visitas. Tio Alberico estava semideitado na rede que cruzava o ângulo da sala onde três janelas davam para o jardim.

Os dois irmãos conversavam, Alberico e Horácio tinham ideias políticas diferentes e até antagônicas. Como deputado federal, Alberico ficara omisso diante dos últimos acontecimentos, o pai não perdoava sua indiferença para com o caso do ex-prefeito Pedro Ernesto. Mas isso era dito francamente entre eles, às vezes aos berros, e Horácio, quando a saúde o permitia, sempre ficava ao lado do genro e contra o irmão.

Alberico fazia restrições ao ex-prefeito, fizera-lhe dois ou três pedidos e não fora atendido. Um deles era um lugar na coletoria, para o qual Pedro Ernesto não nomeou seu protegido, um tal de Rubem, seu afilhado. Somente com a prisão do prefeito e a posse do seu substituto, o cônego Olympio de Mello, que era o presidente da Câmara dos Vereadores e amigo pessoal de Vargas, conseguira a tal nomeação.

Distraidamente, Alberico virou-se para o pai e comunicou:

— Eu pensei em indicá-lo para lá, seria até melhor para mim, pois você é concursado e o Rubem não é, sabe, hoje tudo bem, amanhã a coisa estoura nos jornais, sempre é bom a gente indicar para o serviço público pessoas capacitadas, concursadas... — Fez uma pausa, e mais distraído ainda completou: — O problema é que poderiam pedir um exame de saúde, você com esse tique nervoso ia chamar atenção, o cargo é muito disputado, haveria alguém que o consideraria...

Ia dizer "epilético". Chegou a pronunciar a metade da palavra. Freou-se a tempo. Olhou para meu avô, que estava cochilando na cadeira de balanço, e resumiu:

— Bem, sempre haveria algum espírito de porco que me acusaria de ter indicado um parente... o marido de minha sobrinha...

Foi naquele instante que vi no olhar do pai uma nuvem, uma nuvem que embaciou a luz que sempre brilhava no seu olhar de homem satisfeito com a vida, com os outros, consigo mesmo.

O cargo na Fazenda era o de melhor remuneração no funcionalismo da época. E o pai tinha as habilitações necessárias, inclusive o fato de ter feito concurso para o magistério, isso o incluía legalmente no quadro de servidores públicos, o cargo em questão não necessitava de prova específica, era em comissão, lotado por indicações de políticos. Preencher uma vaga nesse quadro de elite com um concursado representava ação meritória que contava ponto para um político.

Quando incendiaram *O Paiz* e o pai ficou apenas com o salário de funcionário, precisou vender rádios, instalar antenas, vender aves e ovos para manter o seu padrão de vida, modesto mas bastante para cuidar da família, dos filhos, de suas pequenas extravagâncias.

Tudo isso passou no olhar do pai. A suspeita de ser epilético por causa daquele tique que o identificava, que maltratava mais os outros do que a ele mesmo, o cacoete do qual não tinha constrangimento, e — suspeitávamos meu irmão e eu — nem mais tinha consciência.

Foi esta, por sinal, a única vez que alguém aludiu frontalmente, dentro de sua casa, diante dele, ao tique nervoso. Vim a saber, mais tarde, por minha mãe, que quando o pai ia ficar noivo, Alberico teve uma conversa com o irmão Horácio sobre o futuro genro, bom rapaz, mas com aquele espalhafatoso defeito físico.

Horácio não deu importância, disse que quem ia casar era a filha e não ele. De alguma forma o pai soube que Alberico levantara o problema. O natural seria guardar algum ressentimento. Mas nunca demonstrou o que sentia — se é que sentia alguma coisa que tivesse relação com o seu defeito físico.

Além do mais, gostava do tio de sua mulher, sempre o elogiava — e tinha motivos para isso.

Alberico comprara uma casa, bonita casa na rua Barão de Bom Retiro, para nela abrigar a irmã Maria Joana, que ficara viúva com oito filhos para criar. Quando o pai se referia a ele, sempre o chamava de "santo homem". Até mesmo no caso da prisão de Pedro Ernesto, embora Alberico tenha se mantido neutro, nunca tendo atacado o ex-prefeito da tribuna da Câmara — o que se tornou frequente na época, pois diziam que Vargas, embalado pelo combate aos comunistas que haviam tentado um golpe de Estado em 1935, fecharia o Congresso e todos os deputados e senadores ficariam desempregados — fato que realmente ocorreria, dois anos mais tarde.

E foi somente mais tarde, muito mais tarde, que compreendi a razão daquela nuvem que apagou por instantes o brilho de seu olhar.

Eu estava na fazenda do Seminário, em Itaipava, e devorava todos os livros que podia. Como dormíamos cedo, muitas vezes eu ia para os lavatórios acabar a leitura de um Júlio Verne ou de um Flaubert — que lia escondido. A luz do nosso gerador já não era essas coisas enquanto a comunidade estava acordada. Com os alunos dormindo, o gerador era diminuído em sua força para poupar a água do açude: em tempos de seca, o nível baixava e ameaçava racionamento ou colapso.

A luz fraca, de um amarelo de hepatite, iluminava minhas leituras. Tanto forcei a vista que, certa manhã, durante a missa, senti uma coceira no olho direito. Fui esfregá-lo, tive a impressão de que meus dedos entravam pela órbita gelatinosa, foi sensação rápida, não doía mas era angustiante, acordei em minha cama, cercado pelo padre Cipriano e pelos colegas que me tinham levado, sem sentidos, da capela para o dormitório.

O pai foi chamado. Conversou com monsenhor Lapenda, recebi ordem para arrumar minhas coisas, desci com ele.

No Rio, comecei a fazer exames, inclusive o mais importante de todos, o do líquido cefalorraquidiano, tirado de duas vértebras da espinha, para teste de epilepsia.

Quando recebemos o resultado, senti alívio e alegria em minha mãe. Em meu pai, mais do que alívio e alegria. Falando baixinho (ele que quase nunca falava baixo), com receio de ser ouvido por alguém mais do que eu, disse que já havia feito o mesmo exame, quando tinha mais ou menos a minha idade. E como o resultado fora negativo, ele nunca mais "tivera nada".

Tanto eu como ele entendemos aquele "tivera nada".

Certa manhã, ao acordar, passei pelo corredor e vi a luz de uma vela no meu quarto. O avô tinha morrido. Foi um dia complicado, o mais complicado de minha infância. Fiquei atordoado, nem pude acompanhar o que acontecia dentro e fora de casa, em sequência veloz e surpreendente. Nem prestar atenção no meu personagem preferido, que era o pai.

Deve ter tido muito trabalho, pois a casa logo se encheu, até o cônego Olympio de Mello, que ocupava o lugar de Pedro Ernesto na Prefeitura, compareceu com um bando de secretários, assessores e puxa-sacos.

Na hora de encomendar o corpo, um dos secretários do prefeito abriu uma maleta e dela tirou uma sobrepeliz com laços roxos, sobrepeliz de cônego, monsenhor ou bispo. Mas justo nessa hora o pai trouxe pelo braço o padre Brito, um sacramentino, que quando era do clero secular fora vigário em Paquetá e o casara com minha mãe. Explicou ao cônego-prefeito que padre Brito era o "padre da família", naquele tempo havia disso, médicos e padres da família.

E havia também outro motivo: o cônego-prefeito ali estava não por causa de Horácio mas por causa de Alberico. Nessas horas, o pai era duro: fosse o papa e o mais obscuro vigário, ele escolheria o vigário. Comprometia-se com as pessoas que admirava, abraçava causas perdidas, embarcava em canoas furadas — e isso foi motivo para outro vexame que passei ao lado dele, no Teatro Municipal, pouco antes de entrar no Seminário.

Ele telefonou da cidade, agitado, tinha arranjado entradas para a ópera daquela noite, temporada oficial, com artistas internacionais. Ele gostava mas não morria de amores por *Madame Butterfly,* embora adorasse Puccini acima de qualquer outro compositor lírico. Mas era a ópera preferida de minha mãe. E ele não arranjara dois mas três ingressos, por isso eu deveria ir.

Para a mãe foi um drama de consciência: na véspera havia chegado o embrulho de Roma com as minhas batinas, meu enxoval eclesiástico inteiro, cheirando a coisa civilizada e benta. Assim, eu tinha uma bela batina de alpaca, feita na via del Corso pelo mesmo batineiro de cardeais, mas não tinha um terno apropriado para ir a um teatro como o Municipal, que era uma das coisas mais solenes que podiam existir no Rio de Janeiro dos anos 1930.

Meu melhor terno já estava castigado pelo tempo e pequeno para mim. A solução foi dar um jeito no terno azul-marinho do irmão que estava interno no Pedro II.

Eu me achei ridículo na roupa dele, com a bainha das calças e as mangas do paletó encurtadas com alfinetes e costuras de circunstância.

Quando viu o resultado, ela teve pena de mim, eu devia estar um espantalho, achou melhor que eu ficasse em casa. O pai, quando veio nos buscar, achou tudo ótimo, elogiou a habilidade de minha mãe, só mesmo ela, fizera um milagre, eu estava elegante, um verdadeiro homenzinho, não podia ir de batina, logo, o terno do irmão servia.

Era raro um menino ir ao Municipal à noite, em espetáculo oficial. Mas o pai conhecia o diretor do teatro, o maestro Sílvio Piergili, e era amigo dos empresários, os Viggiani pai e filho. Ele entrou pela porta da frente com minha mãe. Um funcionário do teatro me introduziu pelos fundos e me entregou a ele no corredor dos balcões nobres.

Eu estava gostando e detestando ao mesmo tempo. Certo que o teatro em si me deslumbrou, os lustres, a abóbada, os dourados, minha mãe notou que eu olhava aquelas mulheres nuas que Eliseo Visconti pintou por toda parte, afinal, eu devia me achar em estado de pré-santidade, a visão daquela luxúria podia me fazer mal.

Quando percebi que ela se sentia constrangida, radicalizei: fiquei de olhos baixos, na modéstia que me garantia conservar intacta a pureza de meus olhos e afetos.

Mas também detestava alguma coisa que eu não sabia o quê. Talvez a agitação do pai, que falava com todo mundo e com todo mundo que falava com ele. Era popular entre os frequentadores da ópera e, pelo que pude concluir, muitos o consideravam um entendido — razão do meu desconforto.

As temporadas oficiais eram organizadas em torno de um eixo internacional, com a presença de quatro ou cinco artistas europeus ou americanos que faziam os papéis principais. O resto do elenco era prata da casa — quase todos amigos do pai.

Na ópera daquela noite, como sempre, os papéis principais, Butterfly, Pinkerton e Sharpless, ficavam com os internacionais (dois italianos e um americano, este para dar autenticidade ao papel do cônsul dos Estados Unidos em Nagasaki). Um dos amigos do pai faria o papel de Goro, o agente matrimonial que arranja o casamento da gueixa com o oficial da canhoneira *Lincoln*, contrato matrimonial que duraria, segundo o libreto, 999 anos.

Eu já conhecia o dueto de amor que finaliza o primeiro ato — minha mãe o adorava, era uma de suas árias prediletas. Conhecia também o coro a *boca chiusa* que servia de *intermezzo* entre o segundo e o terceiro atos, e, logicamente, de tanto ouvir na vitrola do pai, já sabia de cor o "Un bel di vedremmo", que também era tocado nas rádios todos os dias.

Apesar da relativa intimidade com a ópera, preparei-me para me aborrecer nas três horas seguintes. Mesmo porque, embora sabendo os trechos mais batidos, o sentido geral da obra me escapava.

O amigo do pai que tinha um papel secundário era o Chagas, um pouco barítono, um pouco tenor, o papel do agente matrimonial Goro não era muito preciso. E foi justamente esse Chagas que iniciou o espetáculo, dando saltinhos em cena, para criar um clima japonês e pérfido a seu personagem. Pulava até demais, pois imaginava que era daquele modo que pulavam os japoneses de Nagasaki naquele tempo anterior à bomba atômica — bomba que só explodiria alguns anos depois daquela minha primeira noite de ópera.

Na realidade, ele não cantava, apenas participava do diálogo, nas embrulhadas negociações do casamento. O maior trecho a seu cargo eram cinco ou seis versos em que oferecia seus serviços profissionais ao cônsul americano, bastariam poucos ienes e ele traria uma jovem igual a Butterfly para saciar a luxúria de Sharpless pelos próximos 999 anos.

Por vários motivos, embora concordando com o pai no desapreço àquela ópera, milhares de vezes a ouvi em vários teatros e gravações. Praticamente, sei-a de cor. Inclusive o trecho que estava a cargo do Chagas àquela noite, logo ao início do primeiro ato:

una ghirlanda di fiori freschi,
una stella dai raggi d'oro...
e per nulla: sol cento yem.
Se Vostra Grazia mi comanda
ce n'ho un assortimento...

Desde a estreia da ópera, no Scala de Milão, em 1904, até então — e acredito que até o final dos tempos — nunca ninguém ovacionou Goro no geral e muito menos nesse banal trecho melódico.

O pai explodiu. Gritou um "bravo" que teve, como na comparação que Stendhal tornou famosa, o impacto da política na arte: um tiro de canhão no meio de um concerto. O "bravo" ecoou pelo teatro inteiro, bateu nos lustres e voltou para a plateia.

Foi um murmúrio de psius! cala a boca!, um sujeito lá na frente se levantou e apontou o dedo em nossa direção, pois o pai acentuou a exclamação com palmas que foram morrendo à medida que ninguém o acompanhava.

Apesar de mergulhado no escuro, afundei na poltrona. Minha mãe cutucou o pai, que ficasse quieto. Nem por isso ele ficou quieto, ovacionou todas as intervenções de Goro, além de participar com entusiasmo das ovações tradicionais no final de cada ato.

Quando Butterfly ajoelhou-se e começou a cantar a ária principal, garantindo para Susuki que Pinkerton voltaria um dia, e dali mesmo, da casa enfeitada de flores, elas veriam o navio chegar ao porto e alguém se dirigir para o alto da colina, seria Pinkerton que novamente a chamaria de *piccina moglietina, olezzo di verbena* — o pai nunca resistia a esse trecho quando o ouvia na vitrola, como resistiria ali, vendo Butterfly com os cabelos enfeitados de flores, pirilampos japoneses cortando o jardim japonês feito pelo cenógrafo Mário Conde?, era demais, e ele chorava fácil nessas horas, aos domingos, lá em casa, não resistia aos grandes momentos de Puccini ou Wagner, o tema de amor de *Tristão e Isolda,* o coro dos peregrinos do *Tannhäuser,* sobretudo o *addio senza rancor,* de *La bohème,* que na velhice, já na fase final, quando não mais saía do leito, pedia para botar no som, fechava os olhos, não mais chorava, mas se despedia de tudo, dos balões, das técnicas, dos troféus, dos amigos, do canivete, dos filhos, de suas coisas todas, de suas tiras de papel que sobravam da velha Marinoni do *Jornal do Brasil,* de sua coleção de selos e flâmulas, de suas pedras pintadas de azul no sítio em Corrêas, uma despedida sem dor e sem lágrima, despedida de um caminhante exausto, fatigado de tudo, uma despedida geral e agradecida do camicase que doou a vida pelo objetivo de viver, viver tudo, inclusive o ato final, a despedida sem mágoa e sem rancor.

Capítulo 18

Não sei se era essa, exatamente, a ária que o pai mais apreciava. Em todo o caso, ela o definia. Quis ouvi-la até mesmo quando, na reta final, voltou da UTI para o quarto no hospital e me pediu que fosse apanhar a fita que ele gravara fazia tempos, com Tebaldi no papel de Mimi.

O irmão achou, entre os guardados dele, uma espécie de "disposição de últimas vontades", num caderno de 1955, quando teve a isquemia e pensou que chegava ao fim. Viveu mais trinta anos. Contudo, naquele ano, achou que ia morrer e deixou instruções sobre como desejava ser velado, sepultado e chorado.

Uma delas, a menos macabra, era ouvir não a ária de Puccini, que na realidade pediu, quando de fato chegou a sua hora, mas o coro do *Tannhäuser.*

Beglückt darf nun dich,
o Heimat,
ich schauen un grüssen...

O adeus sem rancor fazia mais sentido com a sua vida e, também, faz sentido com o embrulho aqui na minha mesa.

É uma despedida suplementar, um pleonasmo de adeus que ele me dá. Talvez seja isso.

Mas nem Puccini nem Wagner combinariam com aquele outro embrulho, o que ele retirou do armário da Sala de Imprensa da Prefeitura. Ele viveu e morreu sem rancor, é certo, mas se tento achar alguma relação entre os dois embrulhos, a coisa se complica. E o que quer que esteja ali dentro é um adendo desnecessário a quem saiu da vida sem fazer barulho, na ponta dos pés, ele que sempre fazia alguma forma de barulho.

Desde a hora do almoço estou preso nesta sala, nesta cadeira, procurando decifrar um embrulho mas esquecendo (ou adiando) o mais importante: quem afinal teria mandado aquilo para mim? Quem teria escrito com tinta roxa, em papel recente, mas com a velha caligrafia dele, na mesma caligrafia dele, o meu nome? Quem?

Prefiro mergulhar na lembrança dele, em tudo o que foi e quis ser. É fórmula covarde para fugir. Diante da memória, sou mais cúmplice do que testemunha.

Vez em quando me aproximo do pacote e olho bem aquela letra. Devo ter, lá em casa, envelopes escritos por ele, cartas, cartões-postais que me mandava quando viajava, talvez um daqueles para a Fazenda São Joaquim d'Arc, na tinta roxa que usava e que ele chamava de violeta.

Lembro até o histórico postal que me mandou de... Fiuggi! Não, não foi de Fiuggi, nem de Roma, que fica perto, naquela fantástica viagem que ele não fez. Na verdade, o cartão não era de Roma nem de Fiuggi, mas de Piracicaba. Foi, talvez, uma de suas mais complexas façanhas. Na qual se meteu por obra, graça e desgraça do capitão Giordano, de Caporetto.

Era domingo, o pai tinha montado no quintal uma moenda para moer as canas que plantara nos fundos, no espaço que sobrara da área destinada aos galinheiros. A ideia da moenda fora do compadre e cunhado, o tio Joaquim Pinto Montenegro, subchefe de seção na Divisão dos Dormentes da Central do Brasil. Tio Joaquim apareceu com dois cilindros de ferro, sobras de uma locomotiva que se espatifara dentro do túnel que liga Rodeio a Mendes, o famoso, o comprido, o lúgubre Túnel 12, que até hoje existe.

Os dois cilindros foram preparados para servir de moenda, bastou colocar duas manivelas, armar uma espécie de bancada — e todos os domingos, depois que ele tirava a sesta na rede, iniciava-se a operação de moer cana, que resultava em cinco ou seis bules de caldo que era tomado com pequeninos sanduíches de pão doce com salame.

Aos domingos também, aparecia àquela hora o capitão Giordano, com seu cachimbo apagado, e um disco com alguma ária de ópera que o pai não tinha e que ambos botavam na vitrola levada para o quintal.

Não combinava muito moer cana, beber o caldo com sanduíches de salame e ouvir Beniamino Gigli ou Ferrucio Tagliavinni berrando em nosso quintal, excitando nossas galinhas, árias de *Il Trovatore,* o "credo" do *Othelo,* o irritado dueto do segundo ato do *Rigoletto* (*si, vendetta, tremenda vendetta*) que era, por sinal, do especial agrado do capitão Giordano.

Numa dessas tardes de domingo, o capitão de Caporetto veio com uma carta recebida da Questura de Fiuggi, uma cidadezinha dedicada a águas medicinais, famosas desde o tempo do papa Bonifácio VIII, e frequentada até por Michelangelo. Com a posição incômoda em que passou meses e meses pintando o teto da Capela Sistina, Michelangelo teve uma complicação urinária. A conselho de Júlio II — que sabia da cura do seu antecessor Bonifácio VIII — o escultor-pintor-arquiteto foi fazer uma temporada em Fiuggi, bebendo-lhe as miraculosas águas que o fizeram expelir os cálculos que lhe maltratavam os rins.

O pai ignorava tudo isso, desde os cálculos renais de Michelangelo às desditas urinárias do papa Bonifácio VIII. Ignorava até mesmo a existência de Fiuggi inteira, para ele, a Itália resumia-se a Roma, Veneza, Nápoles, Caporetto (em deferência ao capitão Giordano) e Florença. Em homenagem a Puccini, tinha uma foto de Lucca na sua escrivaninha. Só isso. E achava que bastava.

E vinha o capitão Giordano tomar seu caldo de cana, comer seus sanduíches de salame e trazer uma carta de Fiuggi! Mas logo logo se alvoroçou. O *sindaco* de Fiuggi conhecera Giordano durante a guerra, provavelmente era dos muitos italianos que ainda estavam fugindo da sanha das baionetas tedescas. E esse inesperado sobrevivente de Caporetto vinha fazer uma proposta ao velho amigo de armas.

Fiuggi vive até hoje da fama de suas águas medicinais. Vai gente de toda parte, da Europa inteira, curar seus males renais com as miraculosas águas da já agora batizada Fonte Bonifácio VIII. O prefeito prometera atrair maior número de visitantes, fossem doentes, sadios ou mais ou menos — principalmente os mais ou menos. E nunca se ouvira dizer que um brasileiro tivesse passado por lá.

Era preciso uma promoção, dar uma força para aumentar o fluxo do turismo renal. O *sindaco* não obtivera apoio no departamento especializado do regime fascista, mais preocupado então com a guerra na Abissínia do que com as pedras nos rins da humanidade. Daí que escrevera ao amigo de Caporetto propondo uma cruzada. Giordano devia ser bem relacionado com a imprensa brasileira, provavelmente o próprio Giordano se jactara de suas relações com os jornalistas, embora só conhecesse de fato o pai. Pois que Giordano designasse um profissional que, por conta da Questura de Fiuggi, com todas as despesas de transporte e hospedagem pagas, fizesse uma estação de cura na Fonte Bonifácio VIII.

Pronto. Estava armada uma das maiores confusões na vida do pai. Ele até que, desta vez, estava quieto, moendo sua cana dominical, abrindo os pãezinhos doces para fazer os sanduíches de salame, e vinha o capitão Giordano com um desafio desses, a missão de testar a miraculosidade das águas da Fonte Bonifácio... Bonifácio o quê — foi preciso que Giordano explicasse umas vinte vezes que era Bonifácio VIII e não Bonifácio XIII, que o pai, vezeiro em citar a *Rerum novarum*, de Leão XIII, insistia em invocar.

Na segunda-feira seguiu carta do Giordano ao prefeito de Fiuggi, apresentando um notável jornalista brasileiro, redator do jornal mais importante do país, que por isso mesmo se chamava *do Brasil*, e que por todos os títulos era a pessoa e o profissional que Fiuggi precisava para atrair turistas, doentes ou não, às miraculosas águas que haviam curado o papa e Michelangelo.

A partir daquela tarde, o pai não teve uma noite de sono tranquila. Trazia livros e folhetos sobre a Itália, sobre Michelangelo, sobre os papas em geral e sobre as doenças renais em particular.

Enquanto esperava resposta de Fiuggi, o pai espalhou por todos os cantos que estava de viagem marcada para Roma — para ele ficava difícil falar em Fiuggi, primeiro porque ninguém sabia o que era e onde ficava Fiuggi, segundo porque ele próprio também não sabia nem tinha exata noção do que lá iria fazer.

Dizendo que ia a Roma era mais fácil, todo mundo sabia onde ficava, afinal era Roma, a Roma que não foi feita num dia mas que todos os caminhos levavam a ela. E quem tinha boca ia a Roma. Ele tinha boca — e como tinha! —, logo, Roma estava em seu destino, como estivera no destino de Aníbal, de Paulo de Tarso, de Goethe.

A carta-resposta demorou meses para chegar mas chegou e a excitação do pai foi medonha. Estava tudo arranjado. Ele viajaria de navio, mas com a situação internacional complicada, guerra na Abissínia, ameaça de guerra civil na Espanha, confusões em toda parte, o itinerário seria confuso e, por isso, bem mais emocionante.

Marchas épicas, de milhares de quilômetros, começam pelo primeiro passo. Ele teria de ir a Piracicaba, onde um primo do prefeito tinha uma representação de azeites, vinhos e massas italianas. Além de negociar azeites e *chiantis,* o primo do prefeito era uma espécie de cônsul honorário da Itália em São Paulo. Apesar de haver um consulado geral na capital paulista, o fluxo de italianos naqueles anos era grande, tanto na capital como no interior do estado, daí a existência de um cônsul honorário em Piracicaba.

Para facilitar as negociações, o cônsul honorário recebeu o codinome de Sharpless, referência ao cônsul de Nagasaki da ópera de Puccini. Embora o italiano de Piracicaba tivesse o nome simples e tradicional de Mario, ficou sendo Sharpless até o dia em que o pai recebeu a passagem de trem para São Paulo, e outra de São Paulo a Piracicaba. Era a primeira etapa da grande, da gigantesca jornada, os primeiros passos da caminhada colossal pelo mundo.

Em Piracicaba, o pai teria passagens para ir a Santos, onde tomaria um navio brasileiro e se deslocaria até Recife. Só então começaria o roteiro internacional, num cargueiro italiano que o deixaria em Gênova. De lá, ele desceria até Roma num dos trens que o regime fascista havia colocado nos horários — Giordano garantia que se podia acertar o relógio pela chegada ou partida dos trens que cortavam a península de alto a baixo.

Em Roma, o prefeito o esperaria na Stazione Termini e iriam de carro até Fiuggi. A volta seria mais curta. Ele iria a Nápoles, de lá tomaria outro cargueiro que o deixaria diretamente em Santos. Aí terminaria a mordomia da Questura de Fiuggi. De Santos ao Rio ele viria pelos próprios meios e recursos.

O pai ficou afônico, de tanta emoção. Minha mãe nem tanto, desconfiava que alguma coisa não ia dar certo naquele complicado castelo de cartas, mas tanto Giordano como o pai estavam excitadíssimos.

Um telegrama do italiano de Piracicaba desfez as dúvidas de minha mãe. O cônsul honorário pedia que o pai fosse apanhar os bilhetes na Central do Brasil. Pelo menos, a primeira etapa da viagem estava garantida. Ele iria a Piracicaba. Se não chegasse a Fiuggi seria azar, mas todos os caminhos levam a Roma e de lá até Fiuggi, até a Fonte Bonifácio VIII, era como ir do Rio Comprido a Nova Iguaçu — explicou o pai.

As coisas se arrumaram no jornal, ele tinha férias atrasadas, o redator-chefe, seu amigo Martins Alonso, deu força, chegou mesmo a encomendar uma daquelas bênçãos apostólicas que o Vaticano vendia até pouco tempo atrás.

Dinheiro não seria problema. Levaria apenas aquilo que ele passou a chamar de *l'argent de poche*, o dinheiro para necessidades pessoais. O resto, viagens, hotéis, deslocamentos no mar ou em terra, tudo correria por conta das águas miraculosas da Fonte Bonifácio VIII.

O pessoal da Sala de Imprensa da Prefeitura babava, ao mesmo tempo de inveja e admiração. Então, um deles ia se fazer ao mundo, navegar em águas ilustres, desembarcar em Gênova, berço de Colombo, dos Doria, depois saltaria em Roma, em pleno apogeu do regime fascista, a Roma eterna ressuscitada por Mussolini, a Roma de Cícero e Marco Aurélio, a Roma dos papas, de Bernini, do Coliseu, do Fórum, das termas de Caracala, da *piazza* Navona, da tumba de Trajano, agora Castelo de Santangelo, cenário do terceiro ato da *Tosca,* Mario Cavaradossi cantando "*O dolci baci o languide carezze*", a basílica de Santo Andrea del Valle, onde começa o ciúme de Tosca, depois o Palácio Farnese, o barão Scarpia, de culote negro e peruca branca, apunhalado, o crucifixo ao peito, "*e avvanti a lui tremava tutta Roma*", era demais, era deixar o pai desvairado e o pessoal da Sala de Imprensa da Prefeitura assombrado.

Depois de curto período em que a viagem foi considerada uma alucinação pessoal do pai, depois de não acreditarem em tantas conexões ferroviárias, rodoviárias e marítimas, todos se renderam à evidência, às passagens que o pai recebera da Central do Brasil, para São Paulo primeiramente, para Piracicaba depois. Nem Aníbal, que partiu de Cartago para conquistar Roma, cumprira itinerário tão complicado e improvável.

Vencidas as desconfianças, as suspeitas de que aquilo tudo ia dar em nada, a turma encampou o projeto e o considerou obra coletiva da Sala. Surgiram as encomendas. Todos queriam a tal bênção apostólica. Amorim Netto, de *A Notícia,* tinha um ex-vizinho que agora morava em San Remo, perto de Gênova, queria mandar mangas de seu sítio de Jacarepaguá para o amigo, seria uma baita surpresa.

Breno Pessoa, o Seu Ministro, apelido que vinha de eras imemoriais, quando se fez passar por ministro do Tribunal de Contas para fazer sucesso num prostíbulo na rua do Riachuelo, chamou o pai à parte e encomendou um frasco com as miraculosas águas da Fonte Bonifácio VIII, ele tinha problemas com a próstata, acordava cinco, seis vezes cada noite, o médico queria meter-lhe a faca — e Seu Ministro fazia um gesto com a mão, à altura da região em que ele pensava que tinha a próstata.

Muito prático, prevendo o trabalhão de tantas baldeações, o pai se limitara a uma única mala — mas que mala! Fizera uso de suas infindáveis técnicas. Nela, havia divisões inclusive para trazer, na viagem de volta, os vidros de águas milagrosas que pouco a pouco todos pediam.

Não seria apenas o Breno Pessoa que lhe encomendaria a cura: Giordano queria um garrafão com a água que curara papas e Michelangelo.

Em linhas gerais, a viagem demoraria de dois a três meses. O dinheiro necessário às despesas lá de casa estaria assegurado pelos pagamentos que o próprio Giordano, constituído seu procurador universal e bastante, receberia das duas fontes de pagamento (jornal e Prefeitura).

Ele seria incapaz de fazer tão longa viagem sem deixar a retaguarda guarnecida — outra de suas expressões favoritas. Tudo foi providenciado, as menores coisas, inclusive as contribuições que mensalmente destinava ao Lar dos Cegos e à Fundação do Cristo Redentor, da qual era suplente de diretoria desde o lançamento da pedra fundamental daquela instituição. Até o fim da vida, em cima de sua escrivaninha, havia a foto dele, ao lado do monsenhor Rosalvo Costa Rego, que representava o cardeal Leme, e do general Dutra, que representava Vargas.

Ninguém dormiu na véspera da partida. Às 7h30 estávamos todos na Central do Brasil. Ao que constava nos anais da humanidade, nunca ninguém partira para Roma daquelas plataformas. Ernesto Cony Filho inaugurava uma rota formidável, que afinal confirmava que todos os caminhos levavam à capital dos césares e dos papas.

A Sala de Imprensa da Prefeitura compareceu ao bota-fora do colega e agora enviado especial: o pai levava uma carta redigida pelo Lourival Dallier Pereira, colocando os profissionais credenciados na Prefeitura da mais bela cidade do mundo à disposição da Prefeitura de uma cidade tão ilustre, de tão maravilhosas águas. Propunha um intercâmbio cultural, esportivo, turístico e clínico entre as duas cidades. O portador daria detalhes pessoalmente.

Embora excitado, o pai estava preocupado com a gente. Repetia os conselhos, as últimas recomendações, olhava para mim, para os meus irmãos, seus olhos nunca brilharam tanto. Mas os amigos o chamavam, ele se repartia, deixando-se tocar, promovido a amuleto que traria sorte, ou, como preferia o capitão Giordano, de Caporetto, traria *bona fortuna*.

Acredito que pela primeira vez em uma existência de quase cinquenta anos ele chegou em tempo para o embarque (a romaria a Urucânia, em busca dos milagres do padre Antônio, seria muitos anos depois, eu já entrara e saíra do Seminário). Mesmo assim, ficou na plataforma até que o trem começasse a andar. Antes, colocara a mala em cima da poltrona que o italiano de Piracicaba reservara para ele.

A mãe puxou o lenço, o pai beijou-a na testa, disse alguma coisa no ouvido dela e pulou para o degrau do vagão. Nesse degrau viveu um momento de glória. O trem se afastando, a família, os amigos na plataforma, acenando para ele. Iria tomar o que considerava "um banho de civilização" e, suplementarmente, teria tempo para fazer uma rigorosa, embora ainda desnecessária, limpeza dos rins com as milagrosas águas de Bonifácio VIII.

Na realidade, ele pouco pensava em Fiuggi, no papa Bonifácio, em Michelangelo e no rim dos amigos que a ele haviam se recomendado. Pensava em tudo, na viagem toda, na emoção global da aventura que começava ali, na plataforma da Central do Brasil.

Dois minutos depois, já instalado na poltrona, a mala colocada na divisão em cima de seu lugar, o trem passou pelo viaduto sobre a praça da Bandeira. Tenho a certeza de que olhou à direita — eu já o conhecia suficientemente. Viu o anúncio do Matte Leão em cima do edifício que faz esquina com a rua Mariz e Barros, o anúncio que piscava em vermelho, noite e dia, e que indicava que ali começava a Zona Norte.

Olhou mais à direita e viu o início das ruas de São Cristóvão, bairro onde nascera, mais ao longe os muros do cemitério do Caju, as travessuras com Absalão, as melhores mangas do mundo, tudo isso, e muitas, muitas outras coisas devem ter passado, cadenciadamente, por sua memória e por sua esperança.

Capítulo 19

Três semanas depois, recebi um postal de Piracicaba. Foi, pelo que me lembro, a primeira vez que recebi qualquer coisa pelo correio. Apesar disso, quando o carteiro trouxe as cartas, só pela letra eu sabia que o postal era dele — a foto de Piracicaba não me dizia nada, parecia uma pequena cachoeira, coisa assim, que tanto podia se referir a Piracicaba como a milhares de cidades e lugares do mundo.

Minha mãe recebeu no mesmo dia uma carta, gorda, cheia de novidades. Ficamos sabendo que tudo corria bem na viagem rumo a Roma, tal como a daquele rei de Roma que rumava para Madri.

Mal acabávamos de receber a primeira correspondência, ouvimos o barulho inconfundível no portão do jardim. Era impossível! Eu mal acabara de ler o postal, de me inteirar da tal cachoeira — que era chamada de Salto —, e vinha aquele abrir de portão que geralmente ouvia tarde da noite, quando ele chegava.

Fui o primeiro a me atirar para o jardim, embora já tivesse certeza: era ele! Ele com sua mala cheia de truques e com uma bruta desilusão.

Verdade seja dita: os primeiros momentos foram de efusão, mais alegria do que espanto. Só depois, quando passou o nosso estupor, ficamos sabendo de suas desditas pelo vasto mundo.

Tudo correra bem em Piracicaba, o amigo do Giordano forneceu-lhe a passagem de navio e bilhetes de trem para ir a Santos a fim de embarcar rumo a Recife, onde deveria pegar o cargueiro italiano que o deixaria em Gênova.

Passou três dias em Piracicaba, conheceu os arredores, o tal salto do rio que dava nome à cidade — e partiu para Santos, onde dormiu uma noite e na manhã seguinte tomou um navio da Costeira, o *Itagiba,* que levou mais de uma semana para chegar a Recife, pois ia parando e se escangalhando em todos os portos da costa.

Em Recife, procurou o cônsul da Itália que lhe entregaria a passagem para Gênova. O diplomata custou a se inteirar da situação, tinha vaga ideia de que alguém iria a Fiuggi, mas não sabia detalhes nem havia recebido ordens específicas sobre o assunto.

Teve boa vontade, contatou a embaixada no Rio, houve troca de telegramas e telefonemas. Até que veio a solução que não era exatamente uma solução: o tal cargueiro estava para chegar, mas houvera novidades não só em Fiuggi como na Itália em geral. Mussolini havia descoberto uma conspiração contra o regime, um deputado fora assassinado às margens do Tibre, o rei Vitório Emanuel já estava começando a ficar desconfiado e querendo se livrar do seu primeiro-ministro, mas como era lerdo, ia levando, houvera investigações, delações, suspeitas, tudo junto provocou uma degola generalizada em vários departamentos da administração pública, inclusive em Fiuggi, cujo *sindaco* teve de fugir às pressas, tal como seu amigo Giordano fugira de Caporetto, anos antes. Homiziou-se na Líbia e o novo jerarca que ocupou a administração das milagrosas águas da Fonte Bonifácio VIII mandou revogar todos os projetos, planos e iniciativas do jerarca *cadutto in disgrazia,* vale dizer, não havia viagem, nem cargueiro, nem Gênova, nem Roma, nem Fiuggi nem as maravilhas terapêuticas que haviam curado a incontinência urinária de um papa e fizeram o grande Michelangelo eliminar pedras dos rins.

Era tudo o que o Estado italiano, por intermédio do cônsul em Recife, tinha a informar. O resto era problema dele, ou seja, do *invitato speciale,* numa palavra: o pai.

Ainda bem que ele nada gastara das reservas que levara sob a rubrica *l'argent de poche.* Foi ao porto, informou-se, por sorte estava sendo esperado um navio que vinha do Havre, o *Almirante Alexandrino,* conhecido pelos desprevenidos viajantes que dele se utilizavam como *Almirante Assassino.* Era um dos três navios do Loide Brasileiro que aguentavam (como podiam e podiam pouco) a travessia dos mares do mundo, daí que eram chamados de "transatlânticos", mesmo quando operavam no Pacífico ou conseguiam chegar ao rio Amazonas ou ao rio da Prata.

O pai esperou mais dois dias, embarcou em Recife uma semana antes e uma semana depois chegava à praça Mauá. Nem tivera tempo para avisar. Preferira deixar para contar as novidades pessoalmente e o fazia agora. Estava esbodegado, o barco jogara terrivelmente na costa do Espírito Santo, ficara conhecendo em detalhes a razão pela qual o navio era chamado de *Almirante Assassino.*

Queria agora dormir, dormir se possível uma semana, para repor energias, recuperar fôlego para enfrentar aquilo que chamava de "batente". Quando acordasse, ele procuraria os amigos e voltaria à vida normal.

Não chegou a dormir uma semana. Mas passou pelo menos dois dias e três noites de molho, só acordando para comer, tomar banho, saber notícias gerais e voltar para a cama.

Também, quando acordou de vez, parecia ter voltado ao normal. Não era nada, não era nada, mas ele saíra do Rio, conhecera Piracicaba, Santos, Recife, vira gente estranha, comera coisas extravagantes, tinha o que contar.

Como se houvesse um código imponderável, no momento em que começou a desfilar suas andanças, impelido por compulsão divina ou diabólica chegava o capitão Giordano para reclamar da falta de notícias, recebera um postal de Piracicaba (o mesmo salto do rio), um de Santos e outro de Recife, este último enigmático, ele nada entendera.

Pelos cálculos de Giordano, o pai devia estar àquela hora nos famosos trens do regime fascista, pelos quais se podia acertar o relógio, a caminho de Roma, tal como Aníbal Barca, séculos atrás, embora montado em elefantes.

Poderei esquecer tudo na vida, até mesmo meu nome, meu rosto, meu gosto, tudo. Menos a cara perplexa, os olhos esbugalhados do capitão Giordano de Caporetto, ao ver o pai de pijama, deitado na rede, em pleno Lins de Vasconcelos!

As explicações foram longas e nunca esteve tão apagado o cachimbo do capitão de Caporetto. O pai não me viu por perto e discorreu livremente sobre os problemas da viagem. Foi o início de uma obra em progresso que até o fim da vida dele não terminaria, jamais chegando a uma versão completa e definitiva.

Giordano ficou de tomar providências, escreveria para amigos e parentes, não daria o caso por encerrado sem mais nem menos, reconhecia que a Itália era abagunçada, mas ouvira dizer que o regime fascista fizera maravilhas, os trens, por exemplo, podia-se acertar o relógio por eles, e havia a Líbia, a Abissínia, era o Império, o Senado e o Povo romano (*Senatus Populusque Romanum, SPQR* para os íntimos) que ressurgia para a história, o colosso romano redivivo com suas legiões, suas águias e seus trens no horário.

Foi tanto e tamanho o estupor de Giordano que ele ficou primeiramente para jantar, depois para dormir, pois não queria perder um detalhe. Já no finzinho da noite, quando mais uma vez fui dormir na sala, cedendo quarto e cama para o herói foragido de Caporetto, a conversa já tinha tomado um rumo surpreendente. O pai cantava as maravilhas de Piracicaba, combinava com o amigo passarem uns dias lá, o tal cônsul honorário tinha uma fazenda perto de Americana, bois, laranjas — embora Giordano e o pai fossem e se admitissem belos animais urbanos, sentiam fortes apelos à vida pastoral: volta e meia ameaçavam mandar tudo às favas para cuidar de bois, laranjas, galinhas, couves.

O pai voltou às atividades, espantando igualmente os amigos da Sala de Imprensa da Prefeitura. Ignoro a versão que contou para os rapazes, as explicações que deu ao Seu Ministro que esperara as águas da Fonte Bonifácio VIII para cuidar da próstata arrombada.

Entrei para o Seminário e dele saí, o pai teve a isquemia naquela Sexta-feira Santa, fiquei em seu lugar na Sala de Imprensa. A viagem estava esquecida por ele, por mim, pelos rapazes. À falta das águas curativas de Fiuggi, outras e muitas águas haviam rolado na vida de cada um.

Contudo, uma tarde, quando cheguei à Sala, encontrei o Salvador Neno Rosa emburrado num canto. O Raymundo Athayde chupava um charuto Ouro de Cuba, em silêncio, o Armando Miceli olhava o espaço, sem rumo (os dois eram os mais articulados da turma), o Álvaro Pinto da Silva tinha tomado uns vermutes e estava cochilando numa poltrona, arrebentado. Estranhei o clima de catástrofe e quis saber o que havia.

O que havia é que Seu Ministro estava sendo operado no Hospital dos Servidores, justamente de sua maltratada próstata, arrombada por anos de intemperança sexual. A operação fora de emergência e, pela idade de Seu Ministro, 68 anos, os médicos tinham prevenido que a situação era delicada.

Athayde olhou para mim, ele gostava de citar não sei quem, acho que Anatole France: "Vênus cobra caro tributo!" Mas não foi isso que citou. Citou a rebeldia da próstata ministerial que, apesar de tratada clinicamente, resistira a diversos experimentos, inclusive a apelos esotéricos em terreiros da Baixada Fluminense, a mandingas de um pai de santo em Maricá, resistira a tudo e botava Seu Ministro em risco de vida.

O mesmo Athayde acrescentou:

— Ele fez tudo o que devia fazer. Até aquela água benta que seu pai trouxe da Itália...

Foi a minha vez de ficar apatetado. Mas logo Miceli confirmou:

— É verdade! Ele melhorou com aquela água da Sicília que seu pai trouxe, lembra-se? Você era muito pequeno, estava no Seminário...

Vinte anos depois, por culpa da memória alheia, ou por facúndia de sua imaginação, o pai tinha ido e voltado da Itália, trazendo na fantástica mala a milagrosa água do papa Bonifácio VIII.

Capítulo 20

Devo ter em algum canto o postal que o pai mandou de Piracicaba. Assim como guardei em algum canto os envelopes destinados à Fazenda São Joaquim d'Arc, com sua bonita letra em tinta roxa e com os borrões inevitáveis. Esse postal talvez esteja naquela pasta que ele me deixou como herança, quando sentiu que o fim estava próximo.

Era uma pasta encardida, que ele já não usava havia muito tempo. Nela, eu metia coisas que me fariam lembrar dele, provavelmente lá estariam os envelopes da fazenda e esse postal de Piracicaba. Quando voltar para casa, a primeira coisa que farei será procurar a pasta.

É nela que também deverei guardar esse embrulho que está aqui na minha frente. Seria coincidência demais se o hóspede do Novo Mundo fosse mesmo de Piracicaba. Ainda não pensara na hipótese, mas seria uma coincidência, além de um absurdo.

Verdade que o pai, nos momentos em que estava inspirado (quase sempre), gostava de expor a sua celebrada teoria sobre as coincidências. De tão complicada, devia ser mesmo de sua lavra. Na opinião dele, elas não existiam, tudo o que nos acontecia e acontecia aos outros obedecia a um mecanismo de severa pontualidade como os trens do regime fascista que ele não chegou a usar.

Excedeu-se sobre o assunto (as coincidências que não existiam) na manhã de junho em que, excitadíssimo, eu entrei em casa gritando que um balão estava caindo em nosso quintal. Pelo tamanho do gigante, somente o pai poderia apanhá-lo com aquela técnica que só ele possuía.

Se havia coisa que deixava o pai aborrecido era ser acordado aos gritos, para uma emergência qualquer. Ele ia reclamar, mas quando soube que se tratava de balão, e balão enorme, logo esqueceu o sono interrompido. E de pijama mesmo foi para os fundos do quintal, entre os pés de cana, esperar pelo gigante.

Que veio vindo, vindo, quase apagado, um fiapo de fumaça negra saindo pelos poros do papel fatigado. Como os aviões, os balões têm uma reta de pouso que não pode ser alterada. Qualquer desvio provocado pelo vento pode derrubar o avião ou incendiar o balão se a bucha não estiver completamente apagada.

Foi nesse instante, quando o pai se posicionou para receber a imensa boca do balão — que ele próprio deu o grito:

— É o nosso!

Era o balão que soltáramos na véspera de Santo Antônio, 12 de junho, e, relançado por um entendido, nos voltava no dia de São João, 24 de junho.

Impossível a dúvida. Só o pai fazia a larga faixa de papel roxo que circundava o ponto em que o balão se torna mais bojudo. Só o pai tinha aquela técnica de arrematar a boca, feita com vergalhão de ferro, reforçada no lado interior com sucessivas camadas de papel de embrulho, mais resistente do que o papel de seda. Só o pai fazia aquela armação com linha crua, prensada pela cola entre os gomos, a fim de evitar que o ventre do monstro, sob a pressão da bucha formidável, abrisse ao meio na hora da subida.

Já vira o pai fazer e soltar colossos iguais, mas nunca o vira apanhar um. Geralmente, caíam em nosso quintal balões vagabundos, de folha ou folha e meia, certa vez, quando nem era época, caiu um santos-dumont verde e amarelo com duas bocas, grande, mas nada que se comparasse com aquele.

O importante, no caso, é que o balão, além de ser um gigante, fora o mesmo que ele fizera durante semanas, eu o ajudando, levando as folhas e gomos para secar no corredor que ligava a sala aos quartos, o maior espaço de que dispúnhamos. Era um balão dele, e meu também, pois o ajudara na hora mais difícil, que era a de fechar os gomos com linha crua, eu segurava a panela onde ele fazia a cola de farinha de trigo, branca, viscosa, cheirando a mingau de doente. Eu o ajudava em tudo, inclusive no momento supremo em que, o monstro já inflado pela bucha-piloto, ele colocava fogo na bucha definitiva e o colosso, inflado, inquieto, começava a dar arrancos, querendo a amplidão da noite.

Eu temia que o pai se perturbasse, se atrapalhasse na hora de receber o gigante que vinha do céu e voltava para ele. A bucha estava fraca, mas ainda havia fogo, um fogo azulado que também chegava ao fim.

Soltar um daqueles balões era relativamente fácil, tudo ficava predeterminado, o local, a direção do vento, a hora de encher o bojo, de colocar a bucha e, finalmente, de acendê-la, depois de ter o balão inflado e aquecido.

Capturar esse mesmo balão ficava por conta de circunstâncias, o balão é que escolhia o seu itinerário, o meio e o modo de descer. Apagada a bucha, o peso da armação (de oito, dez metros de altura) podia desabar em cima de quem estivesse embaixo. Se a bucha ainda fumegava, fatalmente o balão morreria na praia, pegaria fogo no último instante de sua caminhada pelo céu. Não deixava de ser um destino heroico, o gigante iluminado ter direito a um túmulo de fogo.

Foi então que o pai, que há muito não pegava um colosso daqueles, mostrou que ainda era o apanhador de balões de São Cristóvão, o companheiro do Absalão que pulava os muros do cemitério do Caju.

Com um único movimento segurou a boca oscilante do balão ainda no alto, puxou-a num golpe sincronizado com o enorme sopro que deu em cima da bucha, já em estertor, fraca, de um azul ralo, quase cinza. O fogo, que era mínimo, apagou de vez. No mesmo instante, meteu a mão num pedaço lateral da boca, abrindo um rombo no papel, para que aliviasse a pressão e, assim, o ventre ainda quente pudesse murchar mais depressa, dominado por ele.

Pelo rombo aberto saiu a fumaça negra, com cheiro do querosene que embebera a bucha. Olhando para os lados e para trás, como o pescador que fisgou um monstro do mar e procura espaço para colocá-lo a seus pés, ele guiou o corpo já flácido de sua enorme presa, escolhendo um lugar plano e sem obstáculos onde pudesse pousá-lo.

Tudo isso foi feito em segundos, menos de um minuto. Segurando o vergalhão que mantinha a bucha ainda fumegante, ele gritou para que eu apanhasse um pano molhado.

Coração aos pulos, fui ao tanque onde havia uma toalha esperando o sol para secar. Levei-a correndo, ele passou a toalha em volta da bucha que finalmente estrebuchou, bicho em agonia que recebia a última sufocação, para morrer de todo.

Com a toalha úmida, ele desfez a cangalha que prendia a bucha à boca. Vencido, prostrado no chão, o colosso morno ainda tinha ar em suas entranhas. E então eu o vi fazer uma coisa estupenda: pulou em cima do balão, o balão que ele mesmo fizera e que voltara a ele. Passeou em cima de seu corpo, para aliviá-lo da carga de gás.

Da boca e do rombo que ele abrira na lateral saíam rolos de fumaça, golfadas enormes, revelando que o monstro entrava em coma. E ele caminhava sobre a sua conquista, em largas passadas, pisando aqui e ali, onde ainda havia vestígio de ar.

Tombado, exausto como o touro ensanguentado na arena, o balão se rendeu, vencido, cadáver, animal fatigado que escolhe o lugar onde nasceu para morrer.

É pena — mas é natural — que os balões estejam proibidos de voar. Em mãos profanas, em mãos de amadores e curiosos, eles representam perigo, causam tragédias, queimam florestas, espalham destruição e morte quando atingem casas.

Tudo isso é verdade e tudo isso é pena. Mas em mãos profissionais, de mestres habilitados que estudam o caminho e a força dos ventos, que mapeiam os itinerários (no Rio, quando bem lançados, os balões buscam invariavelmente o caminho do mar); as gigantescas lanternas coloridas escreviam, nos céus da cidade, uma história de luz e liberdade.

Foi o assunto do dia, lá em casa e na casa dos vizinhos. Todos se lembravam do balão que subira do nosso quintal na noite de Santo Antônio. Não podia haver dúvida, mesmo porque não era qualquer um que fazia e conseguia soltar um gigante daquele tamanho e daquela beleza.

E todos falavam em coincidência até que o pai se aborreceu e declarou que não acreditava em coincidência. Tudo se resumia na relação de causa e efeito, falou coisas complicadas que eu nunca tinha ouvido de sua boca, citou autores que na certa ele nunca lera, nada entendi, nem na hora nem hoje.

Esquematicamente, a teoria que desenvolveu, não apenas naquele episódio mas em outros lances, era a repetição do ciclo vital, do ciclo da natureza, que fazia tanto o sol nascer num determinado ponto do horizonte como a abelha ser fecundada pelo zangão e matá-lo em seguida.

Aplicando o exemplo do sol e da abelha, ele proclamava que o balão, feito ali, em seu quintal, de seu quintal subindo para a imensidão da noite, teria de ser recolhido da noite por um entendido. Em mãos calhordas, o balão teria preferido morrer, queimado, como uma bruxa medieval. O destino de um balão, como aquele, era frequentar o átrio dos seus adoradores, por isso escolhera para cair em mãos iguais às de seu criador: as mesmas.

No reino mágico das noites de junho, ele subira uma segunda vez ao céu, buscando fechar o ciclo encantado: tinha de cair ali mesmo, em seu quintal, nas mãos que o criaram do nada, juntando folhas de papel de seda da Suécia, uma a uma, até erigir o monumento de cor e luz que atravessou duas vezes o céu da cidade e ali estava, prostrado, vencedor do bom combate, cadáver.

É possível que tenha falado com eloquência maior da que hoje suponho e relembro. Às vezes, acredito que ele próprio tenha se espantado com o retorno de sua criatura. Não quis dar o braço a torcer. Deslumbrou os vizinhos, deslumbrou minha mãe, deslumbrou-se a si próprio, julgando-se um deus dos quintais. Deslumbrou sobretudo o filho — que nele via o celebrante do Grande Rito e por isso jamais esqueceria o balão e o pai.

Negando as coincidências, o pai terminou não dando importância às coerências. Quando entrei no Seminário, ele perdeu o seu mais assombrado admirador, dele e de seus balões. Minha mãe contou, numa das visitas mensais que me fazia, a nova mania do pai: havia aderido à campanha contra os balões, campanha que começara tímida, com o Corpo de Bombeiros e os agricultores da Baixada Fluminense pedindo pela imprensa que não mais se soltassem balões no mês de junho ou em qualquer outro mês.

Eu pensava que ele seria o último a aderir à campanha, mas foi dos primeiros. Naquele ano, não só deixou de fazer e soltar balões (o filho estava longe e ele perdia a plateia mais fiel) como redigiu manifestos que cedeu ao comandante do Corpo de Bombeiros, provando a malignidade dos balões.

Pouco a pouco, nos meses de junho, o céu da cidade foi ficando vazio. Eu já não podia participar da festa, deitava-se cedo no Seminário, as noites de Santo Antônio e de São João escorriam lá fora, uma de nossas maiores festas era a de São Luís Gonzaga, padroeiro da juventude, no dia 21 de junho — justo entre Santo Antônio e São João, dois santos milagreiros que os portugueses ensinaram a festejar, santos assanhados que gostavam de fogos, fogueiras, danças e balões, em nada parecidos com o jovem Gonzaga, filho de Branca de Castela, que nem sequer ousava olhar a mãe para evitar pensamentos imundos, por isso se tornara padroeiro da juventude e guardião da castidade.

Nas noites de junho do Seminário, depois que padre Cipriano apagava as luzes do dormitório e deixava a pequenina luz azul no meio do teto para aliviar a escuridão, eu pensava nos balões e no pai. Sem o filho perto para ajudar, para sofrer, para soltar os balões, ele deveria se sentir roubado.

A teoria dos ciclos que negavam qualquer coincidência, teoria que ele lançara formal e universalmente naquele notável dia do balão que voltara a seu quintal, o esquema de causa e efeito que espantara e deslumbrara os vizinhos, em sendo ciclo, não se encerraria, teria variações.

O junho daquele ano passou, passou o Natal, o Carnaval, passaram outros junhos e outros natais, o tempo passou sem graça, vez por outra um balão vinha da Zona Norte, iluminava com sua luz amarelada e trêmula o céu da cidade e ia morrer no mar. Os jornais publicavam editoriais contra os baloeiros, exigiam que a polícia os prendesse a todos, eram tão perigosos quanto os traficantes de drogas, os ladrões, os assassinos.

Eu já estava casado, chegara a fazer alguns balões de folha, folha e meia, para manter a tradição do pai e encantar minhas filhas; que também gostavam de me ajudar levando os gomos para secar na sala.

Mas na hora de soltar, apesar de pequenos, eu os amarrava com barbante comprido na boca, como se fossem pipas iluminadas, e os trazia de volta, tão logo chegassem a certa altura. Humilhados, os balões voltavam às minhas mãos e eu ficava mais humilhado do que eles.

Depois, com as filhas crescidas, até isso deixei de fazer. Mas sempre ia visitar o pai na noite de Santo Antônio, não tocávamos no assunto, ele me servia melado, comprava latas da marca que apreciava, Fios de Ouro, viscoso, cor dourada e perfumada, feito em Campos, parece, na opinião dele o melhor do mundo. E me servia com batata-doce assada. Comíamos em silêncio e só não ficávamos tristes porque, naquela noite que fora tão mágica, tão nossa, estávamos mais uma vez juntos.

Até que um ano fui a sua casa e não o encontrei. Oficialmente, ele havia ido ao velório de um amigo no subúrbio, um certo Miro não sei de quê, que abrira uma loja de artigos de pescaria numa daquelas ruas antigas, perto da praça 15.

Dois dias depois vi nas primeiras páginas dos jornais a foto do balão que a polícia e os bombeiros conseguiram pegar antes de ser solto. A legenda descrevia o monstro como o "Rei dos Reis", que consumira 5.300 folhas de papel importado — e, entre parênteses, a informação: "da Suécia." Tinha dez metros de altura, levaria quinhentas lanterninhas, a bucha, a formidável bucha pesava cinco quilos. "Lamentavelmente" — dizia o jornal — "os criminosos que o haviam feito e iam soltá-lo haviam fugido e não deixaram paradeiro".

Reparei no balão, a foto fora tirada à noite mas dava para ver: em volta da boca, enorme boca de vergalhão de ferro, a compacta faixa de papel de embrulho dando consistência à cangalha e ao remate da linha crua que fechara os imensos gomos.

Como cúmplice de um velho criminoso perfeccionista que voltara a atacar, eu sabia que naquele balão só faltava a assinatura dele. Tudo o que fazia era inconfundível. Ele não precisaria assinar o balão, como não precisou assinar este envelope que mandou agora para mim, sei lá como, sei lá de onde e sei lá por quê.

O balão apreendido pela polícia e pelos bombeiros, em destaque nas primeiras páginas dos jornais, foi seu último balão. Um balão que não subiu ao céu, como ele nunca iria a Fiuggi, a Gênova, a Roma. Mesmo assim, ele acreditou na viagem e fez com que os outros também acreditassem.

Com o balão foi pior. Ele nem pôde aproveitar a glória de ter feito aquela maravilha de papel de seda importado da Suécia.

Não sei o que me deu: um pudor cretino me impediu de falar com ele sobre o balão. Queria dizer-lhe que reconhecera a sua obra. Também não tive muito tempo. Morreu pouco depois.

Capítulo 21

Desde que recebi o embrulho e vi a letra do pai, tão inconfundível, tão dele e tão recente, o tempo deixou de funcionar. Lá fora anoiteceu, a secretária foi embora, todos foram embora, não senti fome nem pressa, acho que o pai me mandou esse embrulho para isso mesmo, para que eu

abrisse espaço e ficasse pensando nele — embora eu nunca tenha deixado de nele pensar, de forma fragmentada, a partir de pequeninas coisas da minha vida e da vida dos outros.

É a primeira vez, porém, que mando tudo para cima, compromissos e vontades, para curtir sua memória, essa presença física que ele me mandou, presença dele, cheiro dele, tudo dele.

Nem vontade tenho de olhar o relógio. O tempo parou. Entretanto, nunca o tempo foi tanto tempo.

Um pensamento idiota: e se o telefone tocasse de repente, a essa hora da noite, eu aqui sozinho? Não, devo estar cansado, pedi que a secretária desligasse os dois telefones.

Nada a temer, mesmo depois desse embrulho: o pai não era de telefone. Nada teria a me dizer por meio de um instrumento que não fosse ele próprio. Tudo o que me disse durante a vida foi por meio do que fazia, de como fazia. Era, acima de tudo, um gesto.

Fui com meu irmão ver um filme, *Cyrano de Bergerac,* com José Ferrer no papel-título (houve outras versões, mas me dispensei de vê-las). A cena era rápida, não recordo dela inteira, Cyrano faz ou diz qualquer coisa solene, definitiva, um amigo o adverte:

— Mas que loucura!

Cyrano admite:

— Sim. Uma loucura. Mas que gesto!

Meu irmão me cutucou. Eu nem olhei para ele. Mas sabíamos que ali estava o pai disfarçado no narigudo Cyrano. A diferença é que Cyrano era romântico — o que explicava a sua atitude, mas diminuía o seu gesto.

O pai não. Era um clássico. Talvez um barroco, com atração pelo rococó. Nunca um romântico. Acima de tudo o gesto, a técnica, a mala cheia de divisões para trazer as águas milagrosas do papa Bonifácio VIII, o canivete para descascar castanhas e laranjas, o cheiro de alfazema quando se arrumava para encontrar uma nova conhecida, o tique nervoso que o discriminava e de alguma forma devia maltratá-lo. Até aquela convulsão descontrolada, terrível, era um gesto.

Em 1964, a loucura que era um gesto ocorreu em nossa casa. Quando eu soube o que ele estava fazendo, disse-lhe com raiva:

— Pai, é uma loucura!

Ele modificou um pouco o texto da peça, tornou-se mais Cyrano de Bergerac do que o próprio Cyrano:

— Sim, é uma loucura, mas é um dever de consciência!

Tudo começou com o movimento militar daquele ano. Na virada de março para abril veio o golpe, com a deposição do presidente João Goulart. Bem pior do que em 1930, começaram as prisões, as delações, a caça às bruxas, a miséria humana irrompendo de todos os cantos e contaminando tudo.

Fui visitar minha mãe, que andara gripada, num horário em que o pai não estaria em casa. Quem me abriu a porta foi uma menina de 12, 14 anos, que eu nunca vira antes. Pensei ter errado de endereço mas logo senti o cheiro das coisas do pai e entrei. A menina me olhava espantada, seus olhos tinham medo.

Logo surgiu, no corredor, uma mulher também desconhecida, de seus quarenta anos, que vinha aflita, reclamando que a filha não deveria ter aberto a porta.

Eu não entendia. O que as duas estavam fazendo ali? Ao se aproximar, a mulher me encarou, como se me conhecesse por referências, perguntou se eu era eu, confirmei, ela ficou aliviada:

— Já pedi a Patrícia para não abrir a porta, aqui não é a nossa casa, mas ela anda nervosa, pensa sempre que é o pai dela...

Eu fiquei parado no corredor, sem entusiasmo para entrar na sala. Sabia que minha mãe, com a gripe, deveria estar em seu quarto. E aquelas duas, o que faziam ali? A mulher não tinha cara de empregada, seria uma visita, mas parecia uma hóspede.

Demorou algum tempo até que a mulher percebesse que eu não me mexia, como se fizesse cerimônia em entrar na casa de meus pais.

Explicou:

— Sou a mulher do Cardoso... Conhece meu marido? Sim, deve conhecer... você não trabalhou no jornal dele? Ele é linotipista... o Cardoso... presidente do Sindicato dos Gráficos...

Não me lembrava desse Cardoso, linotipista, pouco ia às oficinas, talvez o conhecesse de vista, encontros nos corredores, nos elevadores, no café. Contudo, o conhecia de nome, muito se falava nos sindicatos, o movimento militar tinha como pretexto a suspeita de que o presidente Goulart iria instalar uma República Sindicalista, todo o poder aos sindicatos, como na Rússia de 1917. E Cardoso era um dos militantes na política sindical.

Tudo bem. Mas que faziam a mulher e a filha dele na casa de meus pais? E com a minha mãe doente?

Fui vê-la. Estava sentada numa poltrona, já se sentia cansada de ficar na cama. A febre passara mas sentia-se mole. Perguntei pelas novidades, fez um gesto com a cabeça, como a dizer: mais uma dele!

Eu suspeitava disso, tudo de extraordinário que nos acontecia tinha o dedo dele, dele e de seus truques e técnicas. Não precisava de detalhes.

A mulher do Cardoso foi gentil, providenciou um café, ela me chamou para a copa, havia biscoitos também. E contou:

— Seu pai nos trouxe para cá. Nossa casa, em Vila Isabel, foi invadida pelo pessoal da marinha, arrebentaram tudo. O que nos salvou foi que, na véspera, o Cardoso recebeu um aviso para dar o fora, levando a família... eu não entendo de política, sempre tive medo de que nos acontecesse alguma coisa... ele está sumido... seu pai apareceu, eu não o conhecia, mas o Cardoso disse que um amigo dele viria me ajudar, que eu confiasse, que tudo sairia bem... sua mãe parece que não gostou... mas tem sido muito gentil...

— Desde quando estão aqui? — perguntei.

— Desde o dia 2... o Cardoso está sumido desde o dia 30... desde o dia 30 que Cardoso não aparecia lá em casa...

Saí atordoado. A situação estava complicada, qualquer pessoa podia ser presa, sumir para nunca mais aparecer. Aqueles que conseguiram fugir ou se abrigar nas embaixadas, aqueles que haviam tido boas informações, esses já tinham salvado a pele, estavam fora de circulação. Encalacrados ficaram os desinformados, os ingênuos.

Como presidente de um sindicato importante como o dos gráficos, o segmento do universo operário com maiores informações, Cardoso devia estar entre os que deram no pé. E deixara a família por conta do pai.

Para o Cardoso, tudo bem. Mas, para o pai, aquilo representava perigo. Afinal, em 1930, ele perdera o emprego quando incendiaram *O Paiz,* passara duas semanas escondido na casa de amigos, a situação agora era mais radical, mais violenta, a turma que tomara o poder estava disposta a ir fundo, eliminando da vida pública — e até da vida em geral — aqueles que eram tidos como subversivos.

Que o Cardoso fosse inimigo da paz e da família brasileira, era problema dele, opção dele. Mas comprometer o pai, já com setenta anos, era inútil crueldade.

Os dois eram amigos, o pai fuçava tudo, metia o bedelho em todos os cantos do jornal, era amigo, ou, na pior das hipóteses, conhecido de todos. Mesmo assim, ou por isso mesmo, Cardoso não podia envolvê-lo nas lutas do seu sindicato.

Fui procurar o pai no escritório do Deodoro Costa Lopes, que fora credenciado pelo *O Radical* na Sala de Imprensa da Prefeitura. O jornal dele fechara, Deodoro era advogado, abriu o escritório e nele o pai fazia ponto, a Sala já se transformara em Comitê de Imprensa e todos os "rapazes" juraram nunca mais pôr os pés lá.

De certa forma, o escritório de Deodoro passou a ser uma continuação da Sala, onde todos continuavam a se reunir, embora sem organicidade, só para bater papo, saber uns dos outros, buscar o calor que começava a faltar na vida de todos.

Telefonei para lá. Deodoro atendeu, preocupado também com a situação.

— Seu pai não tem aparecido, desde anteontem não temos notícias dele... será que fez mais uma besteira por aí?

Evidente que fizera. Mas a situação agora não era para folclore. Falavam em fuzilamentos, em gente que era embarcada nos aviões militares e atirada em alto-mar. Havia muita confusão. Sempre que há mudança violenta de poder, a regra dos entendidos é sumir, evaporar-se, não se expor, nos primeiros momentos da rebordosa, um sargento qualquer pode decidir sobre um fuzilamento. Depois as coisas se organizam, até mesmo a violência é estruturada, até mesmo o arbítrio. Mas quem, no meio-tempo, foi fuzilado, fuzilado fica.

Peguei o carro, fui procurar meu irmão no hospital onde trabalhava. Ele estava na sala de cirurgia. Comecei a ficar angustiado, o pai não fora feito para certas coisas, para enfrentar certos desafios. Se soubessem que ele abrigava em sua casa a mulher e a filha de um sindicalista que se tornara perigoso para o novo regime, mesmo se explicando, apelando para suas técnicas, tudo seria inútil e ele poderia sofrer o que não merecia. A ideia do pai preso, talvez maltratado (já havia notícias de que a tortura corria solta nos porões da ditadura), me fez suar as mãos.

Meu irmão apareceu, vestido com o avental verde da sala de cirurgia. Foi ele o primeiro a perguntar pelo pai.

Quando soube que eu também tinha a mesma pergunta e a mesma suspeita, ficamos apavorados. Ele sabia que a mulher e a filha do Cardoso estavam lá em casa, fora ver a mãe gripada, pensara em me avisar, mas tinha esperança de que eu, por conta própria, soubesse melhor das coisas.

Nossos problemas não eram os mesmos. Eu queria saber *onde* o pai estava. Ele queria saber com *quem* o pai estava.

Fiquei sem entender:

— Como? Você sabe onde ele está?

Ele quis desconversar, começou a despir o avental verde que cheirava, ao mesmo tempo, a desinfetante sanitário e a curativo.

— Saber não sei, só desconfio... se for o que estou pensando, tudo bem, podemos ficar tranquilos. O diabo é saber se esse tal Cardoso está com ele... aí a coisa complica... ficar com a mulher e a filha dele lá em casa não é crime, alega-se amizade antiga, de família... nem o exército nem a polícia terão motivos para prender o pai, poderão apenas colocar o nome dele entre os suspeitos que precisam ser rastreados. Agora, se o pai está com o Cardoso, aí o caldo entorna, ele poderá ser preso e receber o tratamento que dispensarem ao Cardoso... é o diabo... dessa vez ele foi longe demais...

Percebi que meu irmão desconversava. Era óbvio que se pegassem o pai dando abrigo a um foragido, a um inimigo da nova situação, ele correria perigo. Mas o pai já fizera o que estava a seu alcance, abrigara a mulher e a filha de um dos proscritos, que mais poderia fazer?

Foi então que, pela primeira vez, fiquei sabendo da existência do futuro sítio Tudo Azul, em Corrêas. Eu tinha algumas desconfianças, volta e meia era obrigado a movimentar contas bancárias do pai, sabia que ele estava fazendo despesas no comércio de Petrópolis, de Itaipava, se eu tivesse prestado mais atenção nos extratos dos bancos, teria chegado à conclusão de que ele construía uma casa por aqueles lados.

Mas ficava bloqueado, minha obrigação era movimentar parte de seu dinheiro, não me competia entrar na análise do quanto ele ganhava e do quanto gastava, muito menos em que gastava. Desde que nada faltasse à mãe, não me cabia verificar o que ele fazia do dinheiro que recebia de suas aposentadorias na Prefeitura e no INSS.

Meu irmão levou-me ao café, que funcionava no subsolo, embaixo do centro cirúrgico. Estava aborrecido, pois de alguma forma se comprometera a nunca revelar aquele segredo. Contou-me a história do sítio, da casa em construção, da mulher bem mais jovem que abandonara o marido para ficar com ele, da ideia de ter um recanto onde pudessem passar os dias da semana, uma vez que o pai jamais deixaria de ficar ao lado de minha mãe nos sábados e domingos.

Eu sabia do seu envolvimento com aquela que seria a sua segunda mulher. Conhecia também outros casos em que se metera. Não era isso que me preocupava.

O importante era saber se ele estava em Corrêas e se tinha levado para lá o líder sindical que os jornais acusavam de ser um dos mais exaltados na campanha para instalar no Brasil uma República Sindicalista — um dos principais pretextos para a quartelada de abril.

Às vezes, me vinha a vontade de pegar o carro e ir atrás dele, ver se tudo estava bem, avaliar o risco que corria, se eu podia fazer alguma coisa. Mas logo desistia. Afinal, eu sempre fora sua plateia preferida, ele se produzia, se fabricava para mim. Se desejasse minha presença, se precisasse de minha plateia, ele teria tido uma técnica, um modo muito seu de me chamar, me convocar, ou, simplesmente, ele próprio aparecer no meu caminho, como quem não quer nada.

Se se metera naquela embrulhada e dela fizera segredo, era sinal de que não me queria perto, ou para me poupar, ou porque achasse que sua obrigação era fazer segredo. Com meu irmão era diferente. Ele influía no pai, não era a plateia submissa, deslumbrada que eu sempre fora.

Meu irmão subiu no dia seguinte, foi a Corrêas, voltou à tardinha, não quis usar o telefone (tudo parecia estar censurado), marcamos encontro nas proximidades do hospital.

Cardoso fora levado para Corrêas. A casa estava em final de construção, o dinheiro não era muito e tudo se fazia aos poucos. Na ocasião, o pai dava mais importância ao jardim, a um rio que havia por lá e que ele represava, assim não precisaria fazer uma piscina, teria o que ele mais gostava, água de fonte, água pura sem receber tratamentos químicos.

— Ele pode botar jacaré lá? — perguntei.

Meu irmão estava interno no Pedro II à época do jacaré, não presenciara a grande cena da mordida no dedo do pai, o vizinho com a enxada esmagando a cabeça do bicho.

Fez que não ouviu e continuou descrevendo as obras — que eram lentas e em várias direções. O pai apresentara Cardoso aos operários, não podia dizer que se tratava de um engenheiro, de um técnico especializado em nada. Como o terreno em volta da casa já estava mais ou menos preparado, pronto para receber a grama, promoveu Cardoso a jardineiro. Durou pouco no ofício.

No domingo, indo eu visitar os pais, não encontrei a mulher e a filha do líder sindical. Tinham ido embora, o perigo de sofrerem violência parecia ter passado. Cardoso se exilara na embaixada da Bolívia, eu tinha lido a notícia pela manhã.

Encontrei o pai na rede, conferindo uns selos no grosso Yvert que era a sua bíblia filatélica. Não tendo mais em sua casa oficial (que era a nossa) o estímulo da terra, das plantas, das águas e dos bichos, ele dedicava as tardes dominicais às novas manias que adquirira com o tempo: a coleção de selos e flâmulas.

Para falar a verdade, eu estava chateado com ele. Deixara-me de fora daquele lance. Perdera grandes acontecimentos, grandes gestos que ele espalhou por aí, para plateias outras que não a minha.

Eu servira na hora dos balões, das mangas roubadas, das encrencas na Sala de Imprensa. Num episódio em que ele lidara realmente com o perigo, que poderia colocá-lo numa situação sem retorno, sendo obrigado também a fugir, nesse episódio que por semanas consumiu-lhe energia, sonho e discurso, ele me quis longe, evitou-me.

De duas uma: ou queria poupar-me, receando que o perigo também me ameaçasse, ou me julgou de menor valia, plateia insuficiente para assistir à sua loucura e ao seu gesto.

Capítulo 22

Minha mãe morreu em fevereiro de 1973. Nos últimos anos, tivera uma sucessão de gripes, algumas fortes; outras nem tanto. De tal maneira estávamos habituados às gripes dela — e ela mesma se habituara a estar gripada — que a sua morte nos pegou de surpresa.

Daquela vez, a gripe se transformara em pneumonia, meu irmão achou melhor interná-la no Hospital Evangélico, onde logo se recuperou. Quando passou o segundo dia seguido sem febre, o médico que a atendia deu-lhe alta.

O pai aproveitara o período em que ela estivera no hospital para pintar o apartamento em que morava, na Tijuca. O cheiro de tinta a óleo ainda estava forte, meu irmão achou melhor que ela passasse mais uma noite no Evangélico, enquanto o pai mantinha as janelas abertas e providenciava bacias de água para absorver mais rapidamente o cheiro da tinta.

Eu próprio, sabendo que ela estava curada da pneumonia, não fui naquele dia visitá-la. Fiquei de apanhá-la na manhã seguinte e levá-la para casa, ela gostava de andar comigo, achava que eu dirigia com mais calma do que meu irmão, tinha mais confiança em mim como motorista.

Quando fui chamado ao hospital, pensei que não fosse sério. Perguntei a meu irmão se seria o caso de passar antes pela Tijuca e apanhar o pai. Não, não seria preciso, se o quadro se complicasse, meu irmão providenciaria a UTI, um aparelho que respiraria por ela até a crise passar. Deixasse o pai com suas bacias de água, que ele renovava de hora em hora para mais depressa absorver o cheiro da tinta.

Quando entrei em seu quarto, ela dizia o meu nome, na cadência de uma respiração difícil. No único instante em que voltou a si, perguntou se o pai já tinha chegado, se tudo estava bem com ele, que havia deixado o frango com as batatas coradas que ele gostava, e que também tinha sopa de ervilhas com bacon na geladeira, era só esquentar, que ele não esquecesse de fechar as janelas porque podia chover e tomasse o remédio antes de dormir.

Voltou a respirar com dificuldade e a dizer o meu nome, numa cadência cada vez mais funda. Não parecia sofrer, apenas sentir. Quando meu irmão abaixou a cabeça e se afastou do leito, percebi que ela acabara; serena, segurando a minha mão.

Oito meses depois, ele se casou pela segunda vez. Tinha 79 anos, trinta a mais do que a mulher que, havia tempos, já era sua companheira. Minha mãe havia muito perdera o fôlego de acompanhá-lo nas façanhas em que se metia. Cuidava dele, ainda, como uma espécie de menino que se esquecera de crescer.

Casou-se na igreja de Nossa Senhora da Penha, em cumprimento de uma promessa que não explicitou. Aparentemente, a promessa não era dele, mas da nova mulher, pois o pai gostava das velhas igrejas do centro da cidade, a de São José, a de São Francisco de Paula, a da Lampadosa, era até um curtidor de igreja embora não chegasse a ser religioso, com a exceção do tempo em que, como pai de seminarista, sentiu-se obrigado a entrar numa confraria, usar fitas roxas e rezar terços nas procissões do Senhor Morto.

O casamento foi à tarde, Athayde e Miceli, dois sobreviventes da Sala de Imprensa da Prefeitura, foram os padrinhos. Passaram o dia com ele. Pela manhã, o pai mandara rezar missa por alma de minha mãe, na igreja Conceição e Boa Morte, ali perto do antigo prédio do *Jornal do Brasil.*

Foi uma cerimônia simples, pouquíssimas pessoas, o pai queria botar anúncio fúnebre nos jornais, meu irmão e eu fomos contra, preferimos avisar a umas dez, 15 pessoas que realmente gostavam dela e de quem ela gostava.

O celebrante foi monsenhor Vital, meu ex-colega, a quem minha mãe havia muito se afeiçoara. Era seu confessor, ela ficara cada vez mais religiosa, sobretudo depois de minha saída do Seminário.

A única extravagância cometida pelo pai, e da qual não tivemos conhecimento prévio, foi a contratação de músicos, um organista, dois violinistas e um soprano. A mãe teria detestado, ela gostava apenas de harmônio, tocado levemente, quase em surdina.

Na hora do ofertório, quando o violino começou a tocar o adágio da *Patética,* o pai teve uma reação surpreendente. Agarrou-se ao meu braço. Estava muito comovido. Inclinou a cabeça e me beijou.

Por essas e outras, tomei horror pela *Patética,* não apenas pelo seu adágio mas por toda a sonata.

Não dispensou a viagem de lua de mel. O Loide já havia aposentado o *Almirante Alexandrino* e tinha dois navios de cruzeiro que iam de Santos a Manaus, ele me mandou postais de todos os portos em que o *Ana Nery* fez escalas. Num desses postais, não sei o que deu nele, disse que quando voltasse queria que eu o ajudasse num "projeto muito especial".

Ficou nisso: "projeto muito especial." Mas todos os projetos em que se metia ou que se metiam com ele eram especiais. Voltou da viagem, fechou a casa no Rio e foi morar em Corrêas, no Tudo Azul, de onde só saía de dois em dois meses para ver amigos ou fazer algumas compras.

Quando vinha ao Rio, não perdia as reuniões da Ordem dos Velhos Jornalistas, que se realizavam na Associação Brasileira de Imprensa e que recebiam o nome nostálgico de "plantão". Ele fazia discursos, prestava e recebia homenagens, numa delas, Austregésilo de Athayde citou-o como exemplo de resistência democrática e moral, o pai se abraçou nele e os dois choraram: o elogio era fantástico e irreal, mas a saudade deles mesmos era grande e justificava o pranto.

Por duas ou três vezes tentei lembrar-lhe o projeto muito especial no qual queria a minha ajuda. Cheguei a preparar o terreno, dizendo que ia ter alguns dias de folga, se precisasse de alguma coisa...

Ele desconversava, ou porque não mais se lembrasse do projeto ou porque achava que ainda não era tempo.

Numa das vezes em que falei sobre o assunto, de repente me lembrei do embrulho que ele retirara do armário da Sala de Imprensa. Muito tempo se passara, ele mudara de casa, enviuvara, casara outra vez, e o embrulho nunca mais aparecera, devia estar escondido em algum canto muito secreto, muito seu. Havia alternativa: ele poderia ter jogado aquilo fora, ou o desfeito, enfim, aquele problema recorrente que me acompanhava havia tempos talvez não tivesse a importância que eu lhe dava.

Apenas, tinha a pretensão de conhecê-lo bem, seria capaz de ir à China, ao Paquistão, de repente parar numa encruzilhada, numa cordilheira ou num lago, e pensar: "Daqui a pouco o pai vai passar por aqui!"

Ele passava.

Fosse no cume mais alto do Himalaia, no deserto mais árido, na selva mais impenetrável — ele surgiria, abrindo caminho com o seu canivete, com o qual se sentia capacitado a descascar laranjas e castanhas, a enfrentar feras, apesar da dolorosa experiência com o lagarto-jacaré.

Em janeiro de 1985 foi a vez dele, um fim sem uma doença específica, só um acabar porque não tinha mais nada a fazer, pois fizera tudo o que desejara fazer. Até mesmo a viagem a Fiuggi, de alguma forma, ele a fez. Nos últimos anos, volta e meia se referia aos trens do regime fascista, podia-se acertar o relógio por eles, o pai descrevia o trecho entre Florença e Roma, os vinhedos da Toscana, os encorpados *chiantis* que tomara à beira de uma estradinha que ia até Lucca.

Quando me sabia por perto, dava um jeito de disfarçar, de mudar o rumo da conversa. Mas eu ficava escondido na outra sala, ou no corredor.

Certa vez, ele deslumbrava dois antigos músicos do Municipal que foram almoçar com ele, em Corrêas. Ele não ouviu o barulho do meu carro, do lado de fora da varanda ouvi espantoso relato da visita que fizera à casa de Puccini, em Torre del Lago, "logo depois de Pisa".

A imaginação podia ser desvairada, mas não era louca, ele gostava de fuçar mapas, sabia, por exemplo, que Puccini andara a noite toda para ir de Lucca a Pisa assistir à *Aída*, a ópera que o faria abandonar outros sonhos para se dedicar ao gênero lírico.

Eram trinta quilômetros, o pai descrevia os campos toscanos mergulhados na noite, o jovem Puccini voltando para casa, extasiado, a cabeça fervendo de melodias, as de Verdi que acabara de ouvir, e as suas, que ainda não existiam.

Por acaso, já casado com minha quarta mulher, estava vindo de Monte Carlo para Roma, pelas estradas mais próximas do litoral. O carro era valente, um Chroma que me obrigava a voar. Passei pela costa da Ligúria, por Cremona, súbito vi a placa: "Torre del Lago." Ainda era cedo, não havíamos almoçado.

Peguei uma estrada vicinal, obedeci às placas e, de repente, vi o lago onde Puccini caçava patos. Logo depois, a sua casa, já transformada em museu.

A sensação era a de que eu próprio conhecia aquela casa, suas armas de caça, seu piano, ainda aberto, as teclas de marfim amarelecidas, uma delas quase desgrudada, daquele piano saíra mais de metade de sua obra.

Fui ao espelho imenso que havia na sala, procurei um dos programas de *Madama Butterfly*, que, eu sabia, estaria ali.

Sim, lá estava o programa, em feitio de ventarola japonesa, com a dedicatória que uma das cantoras que haviam se apaixonado por ele deixara gravada para sempre: "*A Giacomo* [...] *rinegatta e felice.*"

Eu sabia aquilo tudo — e muito mais — por intermédio do pai, que nunca ali estivera. Depois dos 85, 86 anos, ele perdera o sentido de orientação temporal, chegava a narrar com minúcias a noite de tempestade em que deu abrigo ao Giordano, que fugira do Caporetto e tinha atrás dele o exército prussiano comandado pelo próprio kaiser — o qual, aliás, estava interessado pessoalmente na captura do Giordano que mais tarde viria a morar em Niterói.

Tantas o pai fez e contou, a tantas resistiu, que em dado momento eu cheguei a pensar que ele era eterno, que jamais entregaria os pontos. Volta e meia o coração dele dava um susto, mais nos outros do que nele mesmo. Ia vê-lo, muitas noites fiquei com ele, dormindo no mesmo quarto, a fim de lhe dar as injeções de seis em seis horas que meu primo Nelson, o único médico que ele aceitou, achava que o ajudariam.

Comecei a perceber que ele abaixara o facho quando fui chamado pela mulher dele. Encontrei-o na cama, virado de lado, o braço esquerdo sob o corpo. Ela me informou que o pai não mudava de posição havia dois dias, a mão começava a ficar roxa, sem circulação, com mau aspecto.

Fiz esforço para que ele se virasse, não adiantou. Meu irmão estava nos Estados Unidos, o primo Nelson em Caxambu. Ele sentia falta dos dois e não queria que ninguém mexesse nele, nem eu.

No dia seguinte, meu primo Nelson chegou. Bastou ver meu primo na porta e ele se virou, com a mão quase gangrenada. Nelson reprovou-o, tomou as providências para ativar a circulação. O pai sorriu para dentro, ficando bom de repente, não por causa dos remédios, mas porque o primo estava ali.

E quando chegou meu irmão, ele já estava andando pelo quarto. Voltou para casa, ainda viveu mais três anos, ainda viajou, foi a Buenos Aires e de lá me trouxe uma cuia para tomar chimarrão, que eu nunca tomei.

Pouco antes do Natal — do seu último Natal — ele me pediu que o ajudasse a arrumar algumas coisas que se amontoavam no quarto dos fundos, quase um alpendre, ali guardava ferramentas, seus troféus, sempre que precisava de uma pá, um serrote, um ancinho, uma chave de parafuso, ele perdia a memória das palavras e dizia "troféu".

No meio dos troféus, havia uma infinidade de fragmentos de sua vida, de seu passado. Numa caixa de charutos que lhe dera, Romeo y Julieta (cedros de luxe nº 3), encontrei cartas que havia escrito para ele no tempo de Seminário. Pensei em roubar algumas, ou pelo menos uma, mas não iria desfalcá-lo de nada, se ele guardara aquelas cartas durante tanto tempo, aquilo passara a ser tão dele quanto seus olhos, suas mãos, seu peito.

Lembrei-me do embrulho da Sala de Imprensa. Talvez estivesse ali. Revirei tudo, encontrei bules quebrados que serviram o café de minha infância. Num caderno antigo, cujas folhas estavam grudadas pela umidade, reconheci um daqueles do tempo em que me preparou para os exames. Apesar de meu nome na capa, de minha letra ainda infantil, aquele caderno não era meu, nunca fora meu. Era dele.

Quando me viu mexendo nos troféus, deu um sorriso envergonhado. Apanhou um pote de cerâmica no fundo da estante, de dentro dele retirou um cachimbo encardido, tão encardido que nem mais fedia.

— Sabe de quem é isso?

Eu sabia, mas disse que não.

— Do Giordano. Quando foi para o hospital, ele me avisou que não voltaria mais para casa e me deu esse cachimbo... É italiano... Savinelli, boa marca, só que está sujo, ele nunca tirava da boca... era um sujeito e tanto...

Quase falei no embrulho, era um momento em que podia tocar no assunto. Mas não tive coragem. Para não falar no embrulho, falei no projeto.

— E aquele projeto? Outro dia reli o seu cartão, havia um projeto muito especial... eu podia ajudá-lo.

Ele estava entretido em mexer nos troféus, fez o mesmo que fizera no hospital, quando eu pedia que me deixasse tirar a mão debaixo de seu corpo, ele não se mexia e nada dizia.

Prometi a mim mesmo que, vivesse ele mil anos, e eu também, nunca mais falaria naquele embrulho.

E agora, dez anos depois de seu fim, eis que me chega um embrulho dele. Pode não ser exatamente o mesmo, mas é dele. Deve ser a mesma coisa.

Capítulo 23

Assinatura de todas as coisas — o pai jamais conheceria um irlandês chamado Leopold Bloom. Conheceu muita gente, Giordano, Alayde, Seu Ministro, Manuel Firme, Pedro Ernesto, Amorim Netto, Horácio Dias de Moraes, Joaquim Pinto Montenegro, conheceu Raymundo Athayde, João Lage,

Júlio Maria, Armando Miceli, Salvador Neno Rosa, Lourival Dallier Pereira, conheceu (por correspondência) minha tia milionária e uruguaia, Alzira Carvajal Molina, e sua filha Júlia Alice, além de seu procurador, cujo nome nem ele nem eu guardamos. Conheceu padre Cipriano, Alberico Dias de Moraes, Hildebrando de Góes, Nelson Carneiro, Martins Alonso, conheceu o barítono Chagas que fazia o papel de Goro na *Madama Butterfly*. Conheceu Absalão, seu companheiro de aventuras na infância, que pulava o muro do cemitério do Caju para apanhar mangas e balões.

Assinatura de todas as coisas, ele assinou tudo o que fez — e superou-se: assinou também aquilo que não fez, inclusive a extraordinária viagem a Fiuggi, via Piracicaba, Santos, Recife, Gênova e Roma.

Conheceu o Taumaturgo de Urucânia, que invocou Nossa Senhora das Graças para curá-lo do tique nervoso, do qual não foi curado porque, entre outras coisas, o tique nervoso era também uma forma de assinar coisas, todas as coisas.

E foi assim, assinando todas as coisas, que ele nem precisou assinar este embrulho que está em minha mesa, este embrulho-envelope que veio em meu nome, com a letra dele, o cheiro dele, o gosto dele.

Sinto que estou cansado, desde a hora do almoço estou imobilizado, de certa forma já desatei este nó que ele deu com uma única mão, balançando o corpo para obter a laçada definitiva. Já abri o envelope. Já vi tudo o que havia dentro dele, todas as coisas que ele assinou.

Para chegar a isso, nem precisei desatar o nó e abrir o envelope. Tanto o nó como o envelope se ofereceram à memória e — agora — ao meu cansaço. Em todo o caso, já que estou mais perto do embrulho, tenho vontade de apalpá-lo.

Ou minha mão ficou muito cansada ou só agora percebo que dentro dele há alguma coisa flexível, pode ser papel, papéis que ele me mandou, mas pode ser também um pedaço de pano, um lenço, uma gravata.

A gravata dele era também uma assinatura. Até hoje, dez anos depois de sua morte, os sobreviventes de seu tempo, quando me encontram na rua ou numa reunião, falam daquela gravata. Muitos nem sabiam quem ele era, o que fazia, como se chamava. Mas guardavam dele a gravata que não era uma gravata qualquer, mas um emblema, um logotipo, uma opção de vida.

Resumia-se num comprido lenço de seda azul-marinho com bolinhas brancas, que ele passava por dentro do colarinho e arrematava com uma laçada simples, dessas que se dão nos cordões dos sapatos. Pelo que me lembro, no tempo dele, apenas dois artistas populares, Nelson Cavaquinho e

João da Baiana, usavam a mesma gravata. Chamava-se à Lavallière, era larga e tinha o laço bufante.

O lenço no bolsinho superior do paletó era do mesmo tecido e cor. Gravata e lenço que ele nunca esquecia ou deixava de usar, estivesse ele com qualquer roupa, desde o terno riscadinho com que foi ao casamento dos filhos e a outras cerimônias mais solenes, à roupa esporte, quando vestia culotes e perneiras e ficava parecendo aquele velhinho do filme de Monicelli.

Volta e meia, minha mãe ia ao Mundo das Sedas e trazia metros e metros daquela seda azul-marinho com bolinhas brancas. Eram fáceis de fazer, tanto a gravata como o lenço. Quando o conjunto começava a desfiar, ele tinha a pilha sempre abastecida por minha mãe. Julgava-se bonito com aquilo.

Recebia gravatas de presente, algumas caras, de amigos que iam a Paris ou Roma. Ele agradecia, guardava por uns tempos, depois as embrulhava de novo e presenteava alguém com elas. O secretário de Agricultura, Heitor Grilo, marido de Cecília Meireles, deu-lhe num Natal uma bela gravata italiana, no ano seguinte, na confusão dos presentes, o pai o presenteou com a mesma gravata.

Ganhava também chapéus, foi dos últimos homens do Rio de Janeiro a usar chapéu, quando ficou muito velho e percebeu que ninguém mais usava, passou a andar de boina — pois sentia frio no alto da cabeça que os ralos cabelos brancos já não protegiam.

Apaixonou-se por uma boina basca que eu lhe trouxe, comprada no Corte Inglés, de Madri, e toda vez que sabia de alguém que ia a Madri ele encomendava uma boina igual mas só usava a minha.

Naquele último dezembro, entre o Natal e o fim de ano, quando o irmão decidiu tirá-lo de Corrêas para interná-lo na

Casa de Portugal, ele já andava com dificuldade, os 91 anos pesavam em suas pernas, em seu corpo.

Na cadeira de rodas que o levou ao carro, ele de repente fez um gesto. Percebeu que aquela seria a última vez que saía de sua casa, que via o Tudo Azul, ouvia o barulho do riacho represado, o cheiro de seu limoeiro, de seu pé de romã. Olhou em torno, parecia que ia pedir alguma coisa importante, que não o tirassem dali — hipótese que meu irmão e eu temíamos.

Fez um gesto em volta do pescoço e eu entendi que ele queria a gravata. Fui até seu armário, custei a encontrar a gravata, finalmente achei. Quis eu próprio dar o laço, ele não deixou. Tomou-me a gravata, custou a passá-la por dentro do colarinho, um colarinho que não havia, porque estava de pijama. Mesmo assim, com minha ajuda, ele levantou a gola do pijama e conseguiu um arremedo do laço.

Achamos que ele estava pronto. Mas continuou relutante, agora passando a mão sobre a cabeça. A boina basca foi mais fácil de achar e colocar. Mas quem éramos nós, seus filhos, para conhecer os seus truques? Quando sentiu a cabeça coberta, levantou a mão — mal tinha forças para isso — e, num repelão formidável, amassou-a num dos lados, tornando-a sua, integrando-a em sua matéria, fazendo da boina, da gravata e dele inteiro um homem, um homem inteiro, completo, um homem que sabe todas as coisas e por isso está indo embora.

Além da assinatura de todas as coisas, a fadiga de todas as coisas. Levando-o para o carro, na cadeira de rodas que usava pela primeira e última vez, no trajeto de sua varanda até a parte traseira do meu automóvel — onde eu colocara travesseiros para que ele descesse até o Rio deitado —, lembrei outra saída dele, talvez mais amarga, quando ele deixava para trás uma vida.

Entre as duas saídas, haviam se passado 25 anos. Outro qualquer, naquela situação, teria encerrado o expediente e se recolhido, sem nada mais fazer na vida, nem nada pretender. Não ele.

Fizera coisas, o sítio Tudo Azul, recolhera as pedras do riacho, limara-as, pintara-as de azul, plantou o pé de romã e conseguiu comer suas próprias frutas, entupiu-se de banana-ouro — que havia bananeiras na parte mais sombreada do riacho, viajara pelo Brasil de trem, ônibus e navio, o *Ana Nery* levou-o a Manaus e a Buenos Aires, casou, fartou-se de ouvir Wagner e Puccini no equipamento de som que meu irmão trouxe de Miami, tudo isso ele sabia que ainda iria fazer, 25 anos antes, quando pela última vez desceu no elevador que subia entre grades no saguão do *Jornal do Brasil,* no edifício de ferro que foi demolido pouco depois.

Tinha 67 anos de idade, quase cinquenta de profissão, embora houvesse intermitências em sua carreira de jornalista, os cinco ou seis anos depois da Revolução de 1930, em que ficou sem jornal e teve de vender rádios, instalar antenas, criar galinhas. Mas desde 1935 ou 1936 que ele trabalhava no jornal onde tinha amigos de outros tempos, o Cavalheiro Bussati, os Serpa, o Pires do Rio, o Aníbal Freyre, o Martins Alonso, o Barbosa Lima Sobrinho, o Nelson Carneiro, o Póvoas Siqueira, o Mário Nunes, o Artalydio Agostinho Luz, santíssima pessoa, que desmaiou num rega-bofe promovido pela redação, quando viu o pai repetir pela terceira vez um angu à baiana. Artalydio (com esse nome) teria de arranjar um pseudônimo. Era cronista carnavalesco, o mais famoso de todos, os ranchos, as escolas de samba que desfilavam na avenida, tinham de parar, não por regulamento, mas por devoção, diante do jornal para homenagear o "Azul" — que era ele, Artalydio Agostinho Luz.

Magrinho, elegante, bem-penteado, fumando piteira, doce figura, durante muitos anos foi o principal animador do Carnaval carioca. Era uma instituição.

Foi ele que me botou na sacada do jornal, segurando-me para que eu não caísse, quando pela primeira vez vi um desfile de Carnaval. O pai estava trabalhando em outro lugar, deixara-me a seus cuidados, ele tomou conta de mim e me colocou no lugar de honra, em cima do parapeito, segurando-me pela cintura.

Fui colega dele muitos anos depois, na Tribuna de Imprensa da Câmara Municipal, ele representando sempre o mesmo jornal, eu em outros — e tinha diante dele um respeito afetuoso, afinal, ele me segurara no colo. O pai o considerava um de seus melhores amigos de todos os muitos anos de profissão.

Tudo isso acabaria. O conde morreu, a empresa aposentou a velha Marinoni, aposentou também toda a redação, comprou novas máquinas e contratou uma equipe de jovens que mudaria a feição gráfica e editorial do jornal. Para melhor, mas ao preço habitual dos mil acidentes da carne, o raio caindo, cego, onde devia cair, o trator demolindo o velho para que, dos escombros sangrados, surgisse o novo.

O pai foi dos últimos a cair. Dizia que desejava morrer trabalhando, tombar como um carvalho na floresta — ele gostava de imagens assim, essa do carvalho tombando inteiro, sem sofrer a ruína que antecede a queda, frequentava seu discurso, e, no fundo, era um desejo seu, real.

Até que seria possível se o conde não morresse, se o jornal não precisasse enfrentar a concorrência, adaptando-se aos novos tempos, abandonando a feição francesa, que dominara na imprensa até então e absorvendo o estilo e as regras do jornalismo americano.

Em parte, o pai me devia essa sobrevida, pois desde muito que o seu trabalho era feito por mim, dando-lhe espaço e tempo para se dedicar à compra do terreno de Corrêas e à construção de sua casa. O elogio máximo que me concedia é que eu "guarnecia a sua retaguarda" — uma forma decente, afetuosa, de me explorar. Deixava-me explorar e até gostava, sabendo que, enquanto eu era explorado, ele fazia grandes coisas.

Era um de seus lemas. Todas as noites, antes de dormir, se havia alguém por perto, ou se estivesse sozinho, sempre dizia em voz baixa, metade como compromisso, metade como prece: "Amanhã farei grandes coisas!"

O jornal adotara outros métodos, as relações da imprensa com o governo e com a sociedade se modificaram, um a um, os monstros sagrados da redação foram sacrificados. O pai estava longe de ser um dos monstros sagrados, apesar de redator, desempenhava função de repórter de setor, eu o ajudava diariamente, indo buscar o expediente, redigindo as notas que saíam na seção cada vez mais relegada às páginas menos nobres da edição: "O prefeito do Distrito Federal assinou despacho removendo o oficial administrativo, padrão L, Alípio Gomes do Amaral, do Departamento de Limpeza Urbana para a Superintendência Geral dos Transportes. No mesmo ato, o engenheiro padrão M, Amandino de Carvalho, foi designado para responder pelo expediente do Serviço de Parques e Jardins."

Nem a linguagem nem o conteúdo poderiam ser aceitos em jornal modernizado que disputava o mercado com outros veículos como o rádio, a televisão e os concorrentes, que despiam a roupagem amadora e romântica para se transformarem em empresas.

O dia do pai chegaria. Mas, antes desse dia, chegou o de outros. Um deles o advertiu. Mas não o preparou para o próprio fim.

Mário Flores havia comemorado quarenta anos de crítica teatral. Recebera homenagens de todas as companhias, de todos os teatros, de todos os gêneros, em cena aberta todos lhe agradeciam um apoio, um conselho, um carinho.

Sua mesa, no fundo da redação, era um santuário: tinha dois enormes arquivos de aço, onde guardava a memória de quarenta anos de teatro. O tampo de vidro da mesa — a maior da redação — protegia fotos de artistas internacionais que aqui se apresentaram, fotos autografadas de Louis Jouvet, Jean-Louis Barrault, Nijinski, Pavlova, Gigli, Maria Callas, Tebaldi, Procópio Ferreira, Jaime Costa, Italia Fausta, Dulcina, sua mesa era um sacrário, vinha gente de fora ver os autógrafos, consultar suas fichas.

Uma tarde, Mário chegou à redação e estranhou o vazio lá no fundo. Como era míope, custou a entender. Quando entendeu, nem ficou revoltado. Tinham removido seus dois arquivos de aço para o porão do prédio.

Deram-lhe uma desculpa, que o mobiliário da redação seria substituído, chegariam em breve estantes mais modernas, ele teria onde guardar seu material.

Duas ou três semanas depois, veio à redação para escrever a crônica de uma estreia no Serrador. Era um Pirandello — autor que ele divulgara no Brasil, formando até uma companhia especial para montar a peça. O espetáculo (e a escolha do texto) era justamente para homenagear os seus quarenta anos de crítica teatral.

Tirando os óculos de míope, acendendo a lâmpada que ficava presa na cadeira — ele precisava dessa luz suplementar, enxergava cada vez menos —, começou sua crônica.

Quando encheu a primeira tira, tirou do bolso o relógio redondo e colocou-o como peso em cima da tira escrita: precisava acabar antes da meia-noite, a oficina esperava pelo seu texto para fechar a edição.

Com a prática de quarenta anos, cinco minutos antes do prazo (que começaram a chamar de *deadline*), ele acabou. Não havia mais ninguém na redação, só o plantão, agarrado ao telefone, fazendo a ronda das delegacias, dos hospitais.

Ele se habituara a levar o original diretamente à oficina, a retranca já estava feita, era só entregar. Não percebeu a cara de espanto do chefe da oficina, o Gomes, que apanhou as tiras e ficou sem saber o que fazer com elas. Cansado, Mário deu boa-noite e foi para casa.

Na manhã seguinte, apanhou o exemplar do jornal que o porteiro deixava embaixo de sua porta. Rotina de quarenta anos, abriu a página 10, encimada pela rubrica: "Teatro."

Não entendeu logo. Leu duas ou três notícias avulsas, comunicados das companhias, um telegrama de Londres dizendo que John Gielguld iria encenar *O Rei Lear,* um aviso do Sindicato dos Cenógrafos sobre tabelas que estariam sendo negociadas com as companhias, e, como última nota, a chamada: "A partir de hoje, a crítica dos espetáculos teatrais, pela importância na vida cultural da cidade, será publicada na primeira página do segundo caderno."

Mário ainda pensou: "Até que enfim vão valorizar o meu trabalho!"

Foi ver o segundo caderno, sim, lá estava, bem-destacado, em duas colunas de alto a baixo, a crítica do Pirandello. Mas não viu seu nome: em seu lugar, estreava Ana Maria Gonçalves. Na última linha, entre parênteses, o comunicado simples: "A partir de hoje, Ana Maria Gonçalves assume a crítica teatral deste jornal."

Ninguém lhe falara nada, nem mesmo o chefe da oficina, que ao receber o seu original, na véspera, já devia ter composto o texto da nova cronista.

Mário ficou sem entender e sem ver — apesar dos óculos. Quando caiu, não se machucou: estava perto da cama, apenas entornou o urinol que usara durante a noite.

Não chegou a ser enfarte. Apenas uma isquemia, tal como a do pai, anos antes. Os médicos garantiram que em dois meses ele poderia voltar ao trabalho.

Mário pensava: "Mas que trabalho?"

Levou três meses para voltar ao trabalho. Colocou uma boina basca, igual à que o pai usava, a família havia lhe comprado uma bengala, a isquemia — que afetara o pai num dos braços e um pouco na fala — havia prejudicado o movimento da perna direita, ele passaria a se arrastar, só com bengala conseguia dar alguns passos.

Tanto a família como os médicos achavam que, para a total recuperação, nada melhor do que a volta à rotina, ao batente. Um rapaz que lhe servira de enfermeiro seria agora seu acompanhante.

Ali pelas 16h, depois do almoço e de ter repousado um pouco, Mário Flores fez o mesmo caminho dos últimos quarenta anos. Foi de táxi até a esquina da rua 7 de Setembro com a Avenida, seria bom caminhar um pouco, para ativar a circulação nas pernas.

Quando chegou ao saguão, começou a ser festejado. Todos largavam o que estavam fazendo para abraçá-lo, saber dele, garantir que ele ficara mais jovem. Naquele tempo, no saguão funcionava o balcão circular com vários guichês, como os de banco. Era ali que milhares de pessoas vinham diariamente trazer os anúncios que na gíria do jornal se transformavam em "classificados": precisa-se disso, vende-

-se aquilo, oferece-se fulano, empregadas domésticas, aulas de canto, massagistas, troca de móveis, eletrodomésticos usados, o jornal detinha o monopólio do anúncio classificado, era a base, a sustentação da empresa.

Os corretores saíram dos guichês, vieram apertar a mão de Mário, patrimônio da casa, móveis e utensílios do jornal, o grande Mário Flores, quarenta anos de jornal nas costas meio curvadas e inteiramente gloriosas.

Pegou o elevador que subia numa gaiola de ferro, bem no meio do saguão, dando ao ambiente um aspecto de hotel europeu à antiga. Saltou no terceiro andar. O primeiro contínuo que o viu teve duas reações: a primeira foi saudá-lo, apertar-lhe os ossos, era funcionário também de trinta anos e lá vai fumaça, Mário lhe arranjava entradas para circos, revistas da praça Tiradentes, um amigão. A segunda reação foi fugir, não estar presente ao que logo se seguiria. Entre as duas opções, moderou o calor do abraço e logo desceu as escadas, para não ver o que poderia acontecer. E que aconteceu.

À entrada da redação, Mário dispensou o acompanhante, bastava a bengala, não queria penetrar naquele espaço que ele conhecia tão bem, que tanto dominara, amparado como um inválido. Abriu a porta de vai e vem e teve um susto. Àquela hora, esperava ver a redação mais ou menos vazia, o rush era mais tarde, aí pelas 18h, 19h.

A redação estava cheia, jovens que ele não conhecia, muitas moças, moças demais aos telefones, nas máquinas de escrever. Os móveis tinham mudado de lugar, só havia mesas simples, pequeninas, impessoais.

Não fazia muito, aquela era uma redação solene. Os redatores tinham mesas enormes, em estilo colonial, escuras, cada uma ficava em cima de um tapete que dava ao redator a aparência de uma autoridade. Tudo aquilo, solenidade, mesas coloniais e tapetes, tinha desaparecido.

Para ficar próximo dos arquivos, a mesa dele ocupava os fundos, perto da parede. E a dele era a maior de todas, sem tampa corrediça, sua seção era a que mais recebia correspondência, peças promocionais.

Ele já sabia que os arquivos tinham sido rebaixados ao porão. Mas esperava ver a sua mesa ali, entupida de cartas que deviam ter chegado nos três meses de ausência.

Um ou outro colega, dos novos, que mal conhecia, veio falar com ele, formalmente, isso prolongou a caminhada até o local onde esperava encontrar o seu canto, o seu território de quarenta anos. Que, afinal, lá estava. Mas como?

Em sua ausência, a mesa fora rebaixada à bancada comum da reportagem, das coleções dos jornais que todos consultavam a toda hora, dos três ou quatro vidros de cola, gosmentos, com o pincel inabordável por tantas camadas de cola — uma boa parte do jornal ainda funcionava na base da cola, colavam-se adendos, declarações textuais tiradas de outras fontes, na hora do sufoco era ao vidro de cola que todos apelavam para enviar o texto atrasado à oficina.

Este arsenal — que mais tarde também desapareceria, sobretudo quando começaram a chegar os primeiros terminais de computador e os jornais se informatizaram —, este bricabraque *belle époque* que integrava o cenário das redações de então, ali estava em cima de sua mesa, onde não havia nem a cadeira giratória, com a velha almofada de *chintz* estampado, triturada pelo uso, nem o tampo de vidro que guardava e protegia suas preciosidades, as fotos autografadas de Jouvet, Barrault, Gigli, Procópio, Maria Callas, Nijinski, Pavlova.

Não houvera nenhuma comunicação do que a empresa pretendia dele. Durante os meses em que estivera imobilizado, recebeu o salário normalmente — e julgava que tudo estava bem, que não haveria novidades para o seu lado, além da substituição abrupta na crítica teatral por uma profissional que nem lhe fora apresentada, a ida de seus arquivos para o depósito, no porão mais fundo e escuro do prédio.

Não ter mesa nem cadeira na redação que fora sua casa, durante quarenta anos, era mais do que um insulto: um atestado de sua insignificância, de sua inutilidade. Olhou em volta, para ver se aparecia alguém, um chefe, um diretor, alguém para explicar o que não mais precisava de explicação.

Até que teve um momento de esperança. Um rapaz, que podia ser seu neto, largou a máquina de escrever e se dirigiu a ele. Parecia exercer cargo de chefia no tumulto que ele não entendia mais. Foi se aproximando, olhou-o bem nos olhos:

— O senhor é o leitor que telefonou ontem?

De tão confuso, Mário nem respondeu. O rapaz acrescentou:

— Vou ali ao banheiro e já volto, o senhor me presta declarações, é uma sujeira o que estão fazendo com o asilo dos velhinhos, já recebemos outras denúncias, eles dão sumiço nas verbas, uma roubalheira... no domingo vamos fazer matéria de página inteira...

Sumiu pelo corredor, em direção aos banheiros. Mário olhou a mesa de onde viera o rapaz, havia uma cadeira ao lado, era ali que deveria sentar, aguardar que o colega voltasse e, então, dar o seu depoimento sobre os maus-tratos recebidos no asilo.

Devagar, firmando-se na bengala, ele procurou a saída. Do lado de fora, o acompanhante esperava por ele, pressentia que a visita seria breve, mas não tão breve. Segurou Mário pelo braço, levou-o ao elevador. Com a ponta da bengala, Mário tentou apertar o botão, chamando o João, o ascensorista que era tão antigo quanto ele no jornal.

O acompanhante pensou que fosse a dificuldade de enxergar: Mário não conseguia tocar com a ponta da bengala o botão do elevador. Bem que tentou, até que a bengala caiu. Depois dela, caiu Mário, para sempre.

O caso do pai foi menos dramático, embora doloroso pela decepção. Decepção que, decantada em seu laboratório interior, logo foi superada e revertida: a humilhação se transformaria em glorificação. Bem ele.

Uma tarde, ele passou na tesouraria, tinha um extraordinário a receber — extraordinário que eu fizera mas que ele receberia de bom grado, julgando-me abastado. Com o cheque, recebeu o aviso para procurar um dos advogados da empresa.

Havia agora uma porção de advogados para isso ou aquilo, o jornal se expandia, tornava-se grande e tecnicamente aparelhado para novos tempos e desafios.

Não conhecia o advogado, nem era conhecido por ele. A comunicação foi breve. Não sabendo escrever à máquina, com a portaria do Ministério do Trabalho que dispensava os gráficos de receberem originais manuscritos, ele teria de pedir aposentadoria. Como havia, na época, a lei da estabilidade, ele receberia uma indenização proporcional a seu tempo de serviço, que era de mais de trinta anos.

A empresa propunha pagar apenas a metade. Em troca, ele teria direito a agenciar pequenos anúncios como corretor, recebendo as comissões de praxe.

O pai não esperava a porrada, assim, sem mais nem menos. Afinal, entrara no jornal pela mão do Cavalheiro Bussati, pelo próprio conde que o apreciava, que gostava dele e o prestigiava. De repente, o afastamento sumário, impessoal, com um motivo fabricado às pressas, ainda que verdadeiro, mas só usado — em todas as empresas do mundo — para degolar ou constranger aqueles que não mais interessavam ao serviço.

Ia assinando o documento quando alguma coisa o travou. Perguntou se podia levar uma cópia, queria mostrar ao filho — não haveria problema, garantiu, ele sabia que eu não criaria embaraço para a empresa.

Mas criei. Quando li o documento, percebi que havia um detalhe que o pai não atentara: para ter direito às comissões, ele precisaria de registro profissional como publicitário. Em vésperas de fazer setenta anos, dificilmente, ou impossivelmente, teria condições legais e materiais para exercer a profissão. A própria empresa recusava-se a pagar comissões atrasadas de matérias trazidas por repórteres ou redatores que, não fazia muito tempo, atuavam também como corretores autônomos da publicidade — isso numa época em que as agências ainda não haviam monopolizado o mercado.

Houve demora nas negociações, foi rompido o relacionamento cordial entre empresa e empregado, mas ele acabou recebendo a indenização a que tinha direito.

Curiosamente, depois do impacto inicial, quando se julgou traído, o pai logo recuperou seus truques e técnicas, antes mesmo da homologação judicial.

Já não mais pertencia aos quadros da empresa, mas continuou indo à redação para saber das novidades, ou para transmiti-las. E, também, porque, de repente, descobriu que não tinha mais aonde ir.

Com a mudança de editorial, a linha do jornal tornou-se mais agressiva, mais independente — e diversos casos foram criados envolvendo jornalistas e autoridades. Num desses momentos, quando a redação chegou a ser ameaçada de invasão por militares que se julgavam ofendidos pelo noticiário, o pai colocou na cintura a faca de prata lavrada, que ele ganhara numa das andanças pelo Rio Grande do Sul. Mostrou a faca a um dos jovens que era seu amigo. Ameaçou resistência, embora na base individual.

Com a experiência de 1930, quando o jornal em que trabalhava fora depredado sem que houvesse reação, ele achava que, em caso de invasão, cabia aos jornalistas se defenderem.

O forte dele era a palavra, o discurso, a intenção. Na hora de um pega pra capar ele teria uma técnica para dar o fora sem passar por covarde ou traidor.

Mas se a carne lhe era fraca, o espírito continuava em alta: foi, ao que eu saiba, nos anos difíceis que a imprensa atravessou de 1961 (renúncia de Jânio Quadros e crise militar) até 1985 (fim da ditadura instalada em 1964), o único gesto de reação física contra a violência: os tanques do exército, os aviões da aeronáutica, os vasos de guerra da marinha contra uma faca para cortar churrasco.

Capítulo 24

Se ele viveu e morreu cheio de truques, de certa forma legou-me alguns deles. Foi sua herança, a melhor porque, entre outras coisas, única. Um desses truques foi me autodefender de memórias devastadoras. No caso dele, não apenas se defendia mas transformava a memória em aliada, fazia dela não apenas a sua testemunha mas a sua cúmplice.

Como em qualquer herança, sempre se perde alguma coisa pelo caminho. Eu perdi essa capacidade de alterar o sentido, o eixo da memória. Sei destinar para o compartimento respectivo aquilo que me incomoda, mas falta-me a química para decantar o resultado. O máximo que consigo é segregá-la.

Sem essas defesas, já me dou por pago ao circunscrever a memória a seus limites. Obedeço ao território traçado, eu aqui, ela ali — e chegamos a conviver razoavelmente, sem mortos nem feridos.

Vez ou outra — como agora — surge um fato inesperado, mas não exatamente novo, como esse embrulho em minha mesa, cheio dele, vindo dele, feito por ele. Antes de ser um objeto físico, limitado à sua superfície de papel e barbante, ele é um vasto embrulho de coisas que só ele saberia embrulhar, mas, ao embrulhar, com suas técnicas e truques, preparou até mesmo a ordem e a densidade com que deveria desembrulhá-lo.

Levantei-me. Não acendi a luz da sala, fiquei com o fiapo de claridade que vem da saleta onde trabalha a secretária. Para não esbarrar nos móveis, essa pouca luz me basta. Esbarrar nos fantasmas é inevitável, eles saíram do embrulho, estão soltos, voam como morcegos a meu redor, ameaçam bicar-me, ferir-me com suas garras. Com suas asas negras, cheias de ranhuras, eles me esbofeteiam o rosto.

Há aquele "capricho" de Goya, acho que não está no Museu do Prado, mas na Quinta del Sordo: *El sueño de la razón produce monstros*. O homem está de cabeça caída sobre a mesa, parece dormir, parece sonhar, mas, tal como eu, embrulha-se com os monstros.

Não posso chamar de monstros os balões do pai, o Giordano, o Seu Ministro, a placa no jardim anunciando a venda de aves e ovos, seus rádios, sua faca de prata com que enfrentaria o exército, seu canivete de descascar laranjas e castanhas — nada disso merece o nome de monstro; apenas me dão sentido. De certa forma, sou o resultado deles. Quando me olho bem para dentro, vejo o pedaço de cada monstro do qual foi feito o monstro geral.

Vou deixar o embrulho aqui. Não mexerei nele, até conseguir realizar meu próprio truque: compartimentá-lo, reduzi-lo à memória. Ou, ao menos, à quase memória. Apago a luz da saleta, fecho a porta, o corredor que me leva aos elevadores está escuro, oriento-me pela luzinha que assinala o botão que devo apertar.

Desço. Dois seguranças e o porteiro da noite me olham espantados, eles não deviam saber que eu ficara lá em cima, tampouco os avisei, dou um "até amanhã" seco para evitar cumprimentos ou perguntas.

Na garagem, meu carro é o único que restou da véspera. Está num canto, solitário e, até certo ponto, solidário. O porteiro da noite abre-me a porta, subo a pequena rampa e estou na rua.

Passo pelo Hotel Novo Mundo, é a única fachada acesa, revela algum movimento, o resto da rua, do bairro e da cidade está em silêncio, na portaria do hotel talvez esteja chegando um hóspede, vindo do interior de São Paulo, trazendo um embrulho para alguém, não, estou deslocado no tempo, isso não aconteceu agora, aconteceu ontem, o sujeito chegou, perguntou se me conheciam, alguém disse que sim, uma, no máximo duas vezes por semana almoço ali, só isso, e o embrulho ficou na portaria, se eu tivesse ido almoçar no Hotel Glória ou em outro lugar, o embrulho teria continuado ali, esperando o seu momento.

Que mais cedo ou mais tarde viria — o pai tinha essas certezas, sabia que o embrulho chegaria ao destino, tal como aquele balão que fez e soltou, dias depois voltou, caindo novamente em suas mãos, e ele tinha uma teoria que negava as coincidências, teoria que, no caso dele, era apenas uma prática, um viver sabendo que tudo o que deveria acontecer aconteceria.

Vontade nenhuma de ir para casa. Aliás, vontade nenhuma de ir a lugar algum. O carro me leva pelas ruas da cidade como o embrulho me levou pelas ruas da memória.

Ao entrar na praia de Botafogo, dou com aquela árvore iluminada que todos os anos a Prefeitura arma em alguns postes. Sei que o Natal está próximo quando a Prefeitura começa a armar essas árvores compridas, os fios se entrelaçando, as luzes formando a espiral que, com boa vontade, fica parecendo uma árvore.

Uma tarde, ao surgir esse tipo de ornamentação, peguei o pai para dar uma volta, ver o que a Prefeitura estava fazendo. Ele gostou, pois gostava de qualquer novidade. Mas não era muito de árvore de Natal, achava meio profana, sem significação, preferia armar os presépios, e ele tinha guardado entre os troféus o conjunto que comprara na Casa Cruz, na rua Ramalho Ortigão, que por sinal era uma de suas obsessões.

Ali se abastecia de papel de seda sueco para os balões. Ali comprou o quadro-negro no qual esfregou meu nariz para apagar um oito que estava errado. Ali comprara o conjunto principal do presépio, São José de cajado à mão, Maria de cabeça baixa, a manjedoura de palha com um Menino dentro, de braços abertos, coisa simples, cafona, imediata.

Comprava também carneirinhos, galinhas, patos, uma vaca pelo menos. Depois passava dias armando o presépio. Um pedaço de espelho que uma empregada havia quebrado servia de lago, no qual nadavam os patinhos de celuloide. Muito algodão recebia tinta verde e marrom para fazer os acidentes do terreno em volta da gruta de Belém. A estrela, com sua cauda desproporcional, recebia purpurina prateada e era colocada em cima.

Ao contrário das festas de Santo Antônio, em que ele gastava até o que não podia, no Natal era econômico, o presépio saía pobre, capenga, mas era um presépio e era um Natal.

Gastava mais na ceia, ia nos cafundós buscar o tipo de passa de que gostava. E as castanhas tinham um complicado ritual, vinham de um fornecedor da rua do Acre, um português que por causa das castanhas do Natal passava o ano todo amolando o pai com multas que ele português não queria pagar e que obrigavam o pai a movimentar advogados, fiscais, o diabo, uma dessas causas que se transformam em demandas hereditárias, pois o português, da ilha do Funchal, morreu atropelado na praça Mauá e o filho dele continuou a fornecer as castanhas e os aborrecimentos.

Quando a ceia terminava, ele não deixava que a mãe ou a empregada tirassem nada da mesa. Tudo ficava como deixáramos, os restos do peru, com as duas coxas espetando o ar, o presunto espatifado pela nossa gula, os fios de ovos, as rabanadas que já começavam a dessorar, e os pratos com as amêndoas, nozes, avelãs, damascos, tâmaras, figos secos (gregos, de Smirna, que na opinião dele eram não apenas os melhores mas os legítimos).

As castanhas enchiam uma sopeira, a maior de que dispunha o nosso arsenal de cozinha. Ela só entrava em cena, só era acionada em momentos especiais: quando havia vatapá (que ele cismava de fazer pelo menos no aniversário dele) e no Natal, para caber as castanhas.

Terminada a ceia, íamos dormir, eu sempre ficava meio zonzo do vinho que ele preferia nesses momentos, o mesmo Grandjó, da Real Casa Vinícola, fornecedora dos reis de Portugal, um vinho branco muito doce, mais doce que os sauternes que, afinal, têm a sua hora e vez.

Ele mantinha a casa toda acesa, banheiro, cozinha, corredores, as duas salas, as varandas. Quando todos estavam deitados, colocava-se à mesa, diante do presépio armado junto à cristaleira que lhe servira de laboratório para a grande fase de fabricar perfumes em que ia queimando vivo o capitão Giordano de Caporetto.

Arrumava uma travessa enorme, colocava ao lado o quebrador de nozes, um dos seus troféus preferidos e que merecia mesmo o nome de troféu, só ele sabia manobrar aquelas duas hastes, e o fazia com perícia, a noz saía inteira, sem se quebrar, parecendo o cérebro de um duende. (Quando um de nós usava aquele diabólico instrumento, a noz saía espatifada, junto com pedaços da casca.)

Em frente à travessa, o canivete, já aberto. Atrás da travessa, ele. Estava montado o espetáculo de todos os anos, de todos os natais de sua vida. Mesmo na velhice, quando debandáramos de casa, mesmo em Corrêas, nos natais solitários com a sua segunda mulher, o ritual era o mesmo.

Com o canivete descascava uma a uma, lentamente, perfeitamente, sem ferir a carne das castanhas, com uma perícia que fazia parte de sua gula, que era a melhor parte de sua gula. Volta e meia, pegava o quebrador de nozes, com um golpe seco, preciso, partia a noz em duas metades côncavas. E ia bebendo o vinho, aos poucos, sem pressa.

Quando eu despertava, cansado da intemperança, não ouvia nenhum barulho vindo da sala de jantar. Mas sabia que ele estava ali, como se a noite ainda fosse começar.

Ia na ponta dos pés para que ele não me percebesse — o que era inútil, ele não me perceberia mesmo, concentrado que estava em suas castanhas. Nem percebia que o sol ia alto, que o dia começava para os outros, que em certo sentido o Natal acabara mas não para ele.

Houve o ano em que recebemos uma cesta de Natal da Casa Carvalho, a firma importadora mais famosa da cidade. Nela, havia caviar, marrom-glacê, champanhe Cristal, queijos franceses, queijadinhas de Sintra, panetones italianos, uma festa envolta em papel celofane picado. Nesse Natal, quando a mãe precisou botar a mesa para o almoço, o pai recusou-se a sair do lugar onde estava desde a véspera.

Alegou que não tinha terminado a ceia — que nós almoçássemos em paz mas o deixássemos em paz com suas castanhas, seus marrons-glacês, seus queijos franceses. O canivete era só lâmina, brilhando, coruscando de tanto e tamanho uso, de tanto entrar na carne escura das castanhas macias.

Canivete que o acompanhou até o fim. O último Natal, em Corrêas, foi o sinal do fim. Mesmo nos últimos anos, com as pernas fracas, ele sempre ia para a mesa, o canivete no bolso. Alterou seu horário: não ficava à mesa até o sol raiar. Começava a ceia ali pelas oito horas da noite, e ficava até acabar todas as castanhas e as duas garrafas de vinho.

Mas naquele Natal, quando cheguei a seu quarto e o vi na poltrona, compreendi que tudo acabara: ele não quis ir para a mesa.

Pediu-me que fizesse um prato e o levasse, caprichasse nas castanhas, que deviam estar ótimas. Sempre estiveram ótimas para ele, mesmo quando não mais fornecidas pelo português da rua do Acre.

Eu já devia estar acostumado e suficientemente preparado, mesmo assim, foi com assombro que vi o pai se mexendo na cadeira, na qual estava quase amarrado para não cair. Com muita dificuldade, cata aqui, cata ali no mundo de seus panos de enfermo, até que a mão dele sentiu o canivete em algum canto. Puxou-o, abriu-o com cuidado, como se fosse a primeira vez que o abrisse.

Comeu meia dúzia de castanhas. Logo se declarou cansado.

Eu então compreendi. Era o fim.

Mal cheguei ao Rio, telefonei para meu irmão, que estava passando os feriados de fim de ano em Bariloche. Que ele viesse logo. Usei a senha que abreviou o aviso:

— Ele nem comeu castanhas!

Meu irmão compreendeu.

Dois dias depois, lá estávamos nós, empurrando-o pela primeira vez numa cadeira de rodas. Ele pediu a boina basca para se prevenir do frio. Também ele, de alguma forma, compreendeu que era o fim.

Capítulo 25

Estou sem fome, apenas cansado. Paro o carro diante de um bar aberto na orla, a essa hora devem servir pizzas ou sanduíches. O calçadão de Copacabana, decadente e vazio, só tem agora alguns travestis que caçam fregueses. Apesar de a noite estar bonita, nem quente nem fria, sinto sordidez na pizza, no calçadão, afinal, eu passara as últimas horas numa viagem pela memória e tudo aqui fora ficou absurdo, irreal. Ou real demais.

Deveria ter trazido o embrulho comigo, mesmo sem abri-lo. Aliás, tenho a certeza de que nunca irei abri-lo, por desnecessário. Tenha lá dentro o que tiver, dá no mesmo.

Amanhã... amanhã vou guardá-lo, tal como o pai o deixou. Quando digo "amanhã" nesse tom (amanhã...) penso nele quando dizia, cada noite, antes de dormir: "Amanhã farei grandes coisas!" Mesmo quando não fazia nada, para ele o viver, o chegar à outra noite e se prometer que no dia seguinte faria grandes coisas era, em si, uma grande coisa.

A promessa feita a mim mesmo de guardar o embrulho me tranquiliza, já não sinto o cansaço e não gostaria de encerrar esse dia, pudesse, eu o prolongaria, até o infinito da memória.

Volto ao carro, tomo a direção da Barra, talvez encontre alguma coisa aberta para comer, embora continue sem fome.

A avenida Niemeyer em qualquer dia, em qualquer hora, também me traz a lembrança dele. Foi ali, naquela curva pouco antes do Sheraton, que acampou conosco num dos Circuitos da Gávea, anos 1930, ele vinha de véspera para pegar um bom lugar, trazia mantas e a cesta de piquenique, de vime, igual àquela da Chapeuzinho Vermelho.

Dentro da cesta, a língua afiambrada da Cavê, com o mesmo gosto daquela que levou para o alto do Sumaré a fim de me ensinar onde era o Norte e o Sul. E o frango, as laranjas, as maçãs, as garrafas térmicas com limonada. A novidade, para ver as corridas, foi um empadão de camarão, que saiu do forno pelando, mal ele chegou ao lugar escolhido para acampar, e decidiu comer o empadão antes que esfriasse.

Foi no ano em que ganhou Pintacuda, um italiano cujo nome virou sinônimo de velocidade. Nas primeiras voltas da corrida, morreu Irineu Correia, o brasileiro que havia ganho o Circuito do ano anterior. O carro dele caiu no canal da Visconde de Albuquerque, acabaram com a corrida, o circuito incluía ruas de paralelepípedo e com trilhos de bonde, apelidaram a pista, lá no alto da Gávea, perto da Rocinha, de "Trampolim do Diabo". O pai escreveu sobre o assunto, ora a favor, ora contra o Circuito, no fundo, ele sabia que a pista não era adequada, mas também não queria perder o acampamento, as mantas, o farnel de vime com a língua afiambrada comprada na Cavê. Tal como no caso dos balões, ele conseguia ter duas opiniões sinceras e contraditórias sobre o mesmo assunto.

Estou agora na enseada da Barra, 18 quilômetros de avenida e mar. De raro em raro passa um carro em sentido contrário, só eu pareço estar indo para algum lugar, embora não tenha para onde ir, nem vontade disso tenho. Vou andando, para onde a noite e o carro me levarem.

Só então reparo que há muito deixei a cidade antiga, o Rio do pai, o Rio que em parte acabou, como as coisas acabam: no fim. Pior: sendo substituído por outro, largo, vertical, sem esquinas onde ele pudesse marcar um encontro, conversar com um desconhecido e assombrá-lo com as coisas que fez, que pensou ter feito ou que achava que iria fazer.

Pior também para mim. Alguma coisa acabou ou está acabando. Cansado ou não, dou-me direito a uma alucinação pessoal: ver o balão que ele fazia, rei de todos os outros reis, silencioso e iluminado, passando por cima desses prédios, dessas pistas largas e fosforescentes. Para ele, seria uma bela vingança.

Já a minha vingança — se é que a mereço — é que o pai realizou o que se prometia todos os dias: fazer grandes coisas. Mandou-me uma mensagem que eu não preciso abrir nem ler. Tudo pode ter acabado, menos o pai que continua fazendo coisas — grandes coisas — para deslumbrar o filho, surgindo magicamente entre os túmulos do cemitério com os caramelos, na sacristia da catedral com o sanduíche de presunto, no velório do cardeal com o prato do botequim enrolado no guardanapo de quadradinhos vermelhos e brancos, tão banal, tão grande, tão ele.

Era inevitável que viesse o embrulho: fazia parte do pacto. Se ele deu um jeito de se virar, lá do outro lado onde está, seria fatal que a primeira mensagem, a primeira garrafa com o bilhete dentro viesse para mim. Depois, à medida que aperfeiçoar suas técnicas, ele procurará outras e melhores plateias. O primeiro sempre seria eu, não por preferência, mas como um piloto de prova, testando seus truques.

No porta-luvas do carro tenho algumas fitas, estão embaralhadas, são músicas antigas, que gravei por aí em vários lugares, tecnicamente insuportáveis, cada qual uma espécie de embrulho em si e à parte.

Fico no primeiro cassete que apanho. Qualquer coisa servirá. Amanhã não farei grandes coisas, mas preciso desse amanhã, pelo menos hoje. Ouço o chiado que revela a seleção de músicas antigas, copiadas de velhos discos para a fita.

A voz de Vera Lynn (quem foi Vera Lynn?) enche o carro. Subo os vidros das janelas, ligo o ar-refrigerado para ouvir, no final de ontem, o começo do amanhã:

We'll meet again,
don't know where,
don't know when,
but I know we'll meet again
some sunny day

A canção foi relançada nos anos 1960 num filme de Stanley Kubrick, final de *Doutor Fantástico,* bombas nucleares explodindo, o balé de cogumelos atômicos, o fim da história. E o aceno para o dia onde nos encontraremos outra vez, não sabemos onde nem quando, mas nos encontraremos num dia ensolarado.

Começa a amanhecer, vejo a primeira fatia de luz cortar a linha do horizonte, lá longe, no mais longe do mar. A sensação agora é que estou sozinho, sobrevivendo de um mundo que acabou. Só não sei, ainda, se eu também acabei. Talvez o embrulho do pai tenha vindo apenas para me dar lucidez, a consciência da lucidez que substitui a fome que eu deveria sofrer, o sono que deveria sentir, a memória que eu deveria esquecer.

Mais uma vez, ele me tomou pela mão, levou-me para conhecer onde nasce o sol, onde fica a calle Yi, onde estão as linguiças da Calábria trazidas pelo Giordano, capitão de Caporetto, onde estão os troféus dos quais ele esqueceu o nome, onde está dando pulinhos de japonês o Goro que vendia gueixas por 999 anos, o Circo Sarraceni, a cara branca do palhaço chorando, e a mandíbula dos jacarés do Pantanal, o Taumaturgo de Urucânia, a moenda triturando a carne das canas e o caldo para ser tomado com sanduíches de salame, e o copo de alumínio com as minhas iniciais onde fazia limonadas, e as mangas do cemitério, o Absalão que talvez nunca tenha existido, e as pedras que tirou do riacho e pintou de azul, o quadro-negro onde esfregou o meu nariz, a pele do jacaré que ficou secando na porta do alpendre onde dormia o Manuel Firme, e a língua afiambrada da Confeitaria Cavê, e a água miraculosa que ele trouxe da Fonte Bonifácio VIII para curar a doença do Seu Ministro, e o sermão do padre Júlio Maria que não houve, e a coleção de selos que ele conferia no Yvert, o canivete só lâmina que cortava a pele sem ferir a carne das castanhas do Natal, o balão roxo e branco pendurado em cima da minha cama, e o grande rei, Rei dos Reis, Rei de todos os outros reis, bordado com a rosácea da Notre-Dame, com as cruzes de Lorena, com os corações que ele chamava de copas, com os leões de perfil, dentes à mostra, aquela lanterna colossal e iluminada que todos os anos ele mandava para a noite, e tudo enfim nesta noite que não termina nunca, enseada escura onde a memória é âncora e luz, noite que vai adormecer todas as coisas que ele assinou, mas só por algum tempo, até que chegue o amanhã onde as grandes coisas são feitas.

Outros títulos do autor pela Editora Nova Fronteira

O ato e o fato
Chaplin e outros ensaios (e-book)
O harém das bananeiras
Luciana Saudade
Quinze anos
Rosa, vegetal de sangue
Vera Verão
A volta por cima